www.tredition.de

AF198307

ÜBER DIE AUTORIN

Christin Kindt, geboren 1993 in Rostock, ist Angestellte der Stadtverwaltung der Hanse- und Universitätsstadt Rostock und Fernstudentin an der Internationalen Hochschule Bad Honnef. Nach ihrem Abschluss am Gymnasium in Sanitz im Jahre 2012 begann sie die Ausbildung zur Verwaltungsfach-angestellten, die sie 2015 erfolgreich beendete. 2016 entschied sie sich Wirtschaftsrecht zu studieren und steht mittlerweile kurz vor dem Abschluss. Die Faszination für Thriller und Krimis jeder Art bewog sie dazu, im Januar 2019 ihr erstes eigenes Buch mit dem Titel "Indem sie schweigen, reden sie - Rostocks Peiniger" zu schreiben, das Ende Februar fertiggestellt wurde und Teil einer Reihe sein wird.

Christin Kindt

INDEM SIE SCHWEIGEN, REDEN SIE

- ROSTOCKS PEINIGER -

www.tredition.de

© 2019 Christin Kindt
www.christin-kindt.de

2., korrigierte Auflage
Korrektorat: Nina Micieli

Verlag und Druck: tredition GmbH, Hamburg

ISBN
Paperback: 978-3-7482-4274-1
Hardcover: 978-3-7482-4275-8
e-Book: 978-3-7482-4276-5

Für Lisa und Katrin

"Die meisten und gruseligsten Verbrechen werden von psychisch gesunden Menschen begangen. Es braucht keine Krankheit, damit das Böse in die Welt kommt."

Adelheid Kastner

KAPITEL 1

»Kommissarin Küster! Es ist schon wieder passiert!«
Ich hob den Blick von meinem Bildschirm und sah Johannes
Kleining an. Er war vielleicht Anfang dreißig, schmächtig ge-
baut und hatte kurzes, dunkles Haar. Das markante Kinn
blieb stets unrasiert. Kleining war einer der Polizisten aus
Berlin, die nach Rostock abgestellt wurden, um bei der Auf-
klärung eines Falls zu helfen, der mit höchster Priorität ein-
gestuft wurde. Doch bisher gab es abgesehen von den Rän-
dern und dem Grund meiner Kaffeetasse keine heißen Spuren.
»Wo?«, fragte ich und zückte mein Handy. Es war mittlerweile zur Gewohnheit geworden, dass ich sämtliche Adres-
sen googeln musste, ehe ich mich auf den Weg zum Tatort
machen konnte. Tja, das war eben nicht mein Viertel, wie es
so schön hieß. In Berlin kannte ich jede Gasse, jeden Winkel,
doch hier in Rostock sah es anders aus. Obwohl ich bereits
seit einem Monat in der Hanse- und Universitätsstadt
wohnte, hatte ich nach wie vor den Orientierungssinn eines
Papierfliegers im Orkan.
»Ehm-Welk-Straße 9.«
Kaum, dass ich die Adresse in meine Navigationsapp einge-
tippt hatte, griff ich nach der dunklen Jacke mit dem kaputten
Reißverschluss und stürmte an Kleining vorbei.
»Viel Glück, Elena!«, flüsterte mir Markus im Vorbeigehen
zu, während er meinen Weg nach draußen auf dem Flur
kreuzte. Auch sein Platz war eigentlich in Berlin. Damals hatten wir zusammen an dem ein oder anderen Fall gearbeitet
und waren uns nähergekommen. Es war wie ein Märchen gewesen. Durch einen Zufall kamen wir in das gleiche Team,
sollten einen Kleinkriminellen auf frischer Tat ertappen. Wir

waren das perfekte Duo! Ich hatte den Scharfsinn und er die Athletik, um diesen Idioten über Haus und Hof zu jagen. Doch wie das Leben so spielte, zog es ihn ans Meer, wo seine Eltern ihn brauchten und ich blieb allein in Berlin zurück. Mein Herz war gebrochen, aber wie sagt man? Blut ist dicker als Wasser. Das war vor drei Jahren. Und nun waren wir wieder mehr oder weniger vereint, wenn auch unfreiwillig. Ich erinnerte mich noch genau an den Tag meiner Versetzung. Donnerstag der 14. Juni 2018. Mein damaliger Chef Herr Rügge bat mich in sein sehr modern eingerichtetes Büro und auf den mit schwarzem Polster überzogenen Stuhl. Er selbst thronte in einem pompösen Ledersessel, der zu gelegentlichen Nickerchen einlud.

»Frau Küster, Sie hatten einen Antrag auf Versetzung gestellt. Ich weiß, es hat etwas gedauert, aber nun ist es soweit. Ich werde Sie an die Kollegen in Rostock übermitteln. Nicht das, was Sie sich vorgestellt haben. Gewiss. Aber das passt schon.«

»Nun, ich dachte eigentlich eher an eine größere Stadt. Düsseldorf oder vielleicht München?«

»Nur werden in Rostock Leute benötigt. Ich denke, eine erfahrene Kommissarin wie Sie ist da mehr als notwendig. Ich gebe Ihnen noch etwas Zeit, aber spätestens im Juli sollten Sie dort sein.«

»Das ist nicht mal ein halber Monat!«

»Es konnte Ihnen doch nicht schnell genug gehen. Wochenlang liegen Sie mir damit schon in den Ohren. Sie packen das schon.« Danach hatte er mir die Hand entgegengestreckt, sich für die Zusammenarbeit bedankt und mir viel Erfolg gewünscht. Tja. So schnell konnte es gehen. Es war ein Neubeginn, wie er im Buche stand. Ich kannte absolut niemanden in Rostock. Keine Freunde, alte Klassenkameraden oder anderweitige Bekanntschaften. Nur Markus.

Den Weg die Treppe hinunter und hinaus auf den Parkplatz fühlten sich meine Füße schwer wie Blei an. Jeder Schritt, den ich tat, fiel mir schwer. Dieser Fall war anders als alles, was ich bis dahin erlebt hatte. Und wer hätte zu diesem Zeitpunkt ahnen können, dass er persönlich werden würde?

Während mein silberner VW Golf mit Berliner Kennzeichen über die Stadtautobahn in Richtung Evershagen fuhr, liefen im Radio die Nachrichten.

Ein Brand in einem Mehrfamilienhaus, zwei Verkehrsunfälle mit mehreren Verletzten, Konflikte im Nahen Osten, ein aufgebrachter nordkoreanischer Diktator. Also alles wie immer.

»*Die Presse hat noch nichts mitbekommen. Gott sei Dank*«, dachte ich und atmete erleichtert auf. Es war nur eine Frage der Zeit, bis die Aasgeier von Reportern den Braten riechen und irgendwelche spektakulären Meldungen verkünden würden. Erstaunlicherweise schien die Rostocker Bevölkerung besonderen Wert darauf zu legen, Nachrichten so schnell es ging zu verbreiten. Sobald irgendetwas geschehen war, konnte man es sofort im Internet nachlesen oder im Radio hören. Als würden die auf der Fensterbank mit Kissen unter dem Arm lauernden Rentner sofort zum Hörer greifen und irgendeine Pressestelle anrufen, die sich das mal angucken solle. Fast wie in einem Dorf. Weiß es einer, wissen es alle.

Andererseits konnte man es wohl als Los der Technik werten. Mit einem Smartphone war heutzutage einfach alles möglich. Ich war doch das beste Beispiel! Eine App für jeden Schnickschnack auf dem Handy. In diesem Fall für die Navigation.

Ich bog in die Ehm-Welk-Straße ein und schlich fast schon über den Asphalt. Hinter mir gab ein ungeduldiger BMW-Fahrer mit Lichthupe immer wieder zu verstehen, dass ich endlich Gas geben sollte, doch ich war viel zu angespannt, als dass ich mich auf eine solche Lappalie konzentrieren konnte. Innerlich sträubte sich alles. Als ich die Polizeiautos und den Krankenwagen erspähte, lief mir ein kalter Schauer den Rücken hinab. Meine Nackenhaare stellten sich auf und die Kehle wurde trocken. Je näher mein Wagen den anderen kam, desto sicherer war ich mir: Ich wollte das nicht sehen. Doch welche Wahl hatte ich denn schon? Als Kommissarin in diesem Fall gehörte es zu meinem Job, auch die unliebsamen Dinge zu ertragen.

Torben Reis, einer der Rostocker Polizisten und mir zugeteilter Mitarbeiter, nickte mit einem traurigen Gesicht grüßend, als ich einige Meter entfernt vor ihm zum Stehen kam. Einundzwanzig, Zweiundzwanzig, Dreiundzwanzig. Der Motor verstummte, ebenso wie der derzeit bekannteste Sommerhit des Jahres. Bevor ich ausstieg, schloss ich noch einmal kurz die Augen. Egal, wie oft man es sah, es wurde niemals leichter. Einatmen. Ausatmen. Einatmen. Ausatmen.

»Komm schon! Du packst das!«, rief die Stimme in meinem Kopf mit übertriebenem Ehrgeiz. Als meine Finger den Griff der Autotür berührten, rutschte ich kurz ab. Meine Hände waren schweißnass.

»Reiß dich zusammen Elena!«, ermahnte ich mich selbst und stieß die Tür entschlossen auf. Eine laue Sommerbrise umspielte mein gerötetes Gesicht und wehte eine Strähne aus dem so streng zum Zopf gebundenen, blonden Haar.

»Hallo Frau Küster, wie geht es Ihnen?« Torben sprach mit nüchterner, bedrückter Stimme. Das konnte nichts Gutes bedeuten, wo er doch sonst so ein Strahlemann war.

»Wieder ein Mädchen?«, fragte ich, ohne auf seinen wohl sowieso nicht ernst gemeinten Versuch, Small Talk zu halten, einzugehen und strich die wirbelnde blonde Strähne zurück hinters Ohr.

»Ja, leider. Wollen wir?« Er deutete auf eine Gruppe von

Gerichtsmedizinern und weiteren Polizisten, die etwas entfernt von uns im Kreis standen. Um ein Absperrband herum waren Schaulustige zu erkennen, die wild untereinander tuschelten und die Hälse reckten, um einen Blick erhaschen zu können.

»Was für eine Frage. Wir haben wohl keine andere Wahl. Von nichts kommt nichts«, entgegnete ich schroff und versuchte die nun lästig werdenden Haare in den Zopf zu stecken. Torben sah mich betroffen an. »Entschuldigen Sie bitte. Das war nicht so gemeint.«

Ich legte ihm eine Hand auf die Schulter.

»Verstehe schon. Ist für uns alle nicht leicht.« Er zuckte mit den Achseln und ging dann wieder zum Tatort.

Ich atmete erneut tief durch, ehe ich ihm folgte. Als die Kollegen uns bemerkten, wichen sie beiseite und gaben die Sicht auf die Leiche frei. Mein Blick wanderte zunächst über die ausdruckslosen Gesichter der Männer und Frauen, ehe ich mich dem Grund meiner Anwesenheit zuwandte. Natürlich hatten einige von ihnen schon wesentlich Schlimmeres gesehen, doch einmal mehr schwor ich mir, dass ich hoffentlich niemals so abgebrüht werden würde.

»Name: Sophia Wilken«, Torben begann die Personalien des Opfers aus seinem Notizbuch abzulesen. »Alter: Sechzehn Jahre.«

Autsch! Ein erster Stich ins Herz. Sechzehn! Dieses Mädchen hatte noch alles vor sich! Die erste Liebe! Das Ende der Pubertät! Selbst den Schulabschluss!

»Todesursache: Sturz vom Dach dieses Mehrfamilienhauses.« Er sagte zwar Sturz, doch wir wussten beide, dass es mit sehr hoher Wahrscheinlichkeit ein Sprung aus freien Stücken war. Genauso, wie bei den anderen. Zu viele Dinge sprachen dafür. Nicht zuletzt die markanten Narben an den Unterarmen.

»Eine Anwohnerin hat das Mädchen gefunden und sofort die Polizei und Rettungskräfte gerufen, doch leider kam jede Hilfe zu spät. Die Eltern sind bereits informiert.«

Er sagte noch irgendetwas, aber ich hörte nicht mehr zu. Mein Blick ruhte auf dem Mädchen. Ihr Gesicht war blass, sämtliche Farbe aus den Wangen gewichen. Die Lippen schimmerten in einem kühlen Blau. Das dicke braune Haar hing zottelig in ihr Gesicht. Ich hockte mich hin und betrachtete sie genauer. Unter den Augen und dem zerlaufenen Make-up zeichneten sich tiefe dunkle Ringe ab. Bisher war alles genau wie bei den anderen, abgesehen von zwei Dingen. Ihre rechte Wange schien geschwollen zu sein und am Hals zeichnete sich ein kleines Tattoo ab. Ich zog ein Taschentuch aus der Jacke und strich einige Haare beiseite, um einen freien Blick zu erhaschen. Dort stand in schnörkeliger Schrift geschrieben *God*.

»Fotografieren Sie das mal bitte«, sagte ich über die Schulter hinweg, woraufhin einer der Kollegen mit seiner Kamera herbeieilte und ein Bild vom Hals schoss.

»Um Himmelswillen! Ist das das Kind von Frau Wilken?«, ertönte plötzlich eine quietschige, erschrockene Stimme aus dem Hintergrund. Ich stand auf und wandte mich ihr zu. Es war eine betagte Frau, vielleicht in den Siebzigern, mit kurzem, weißem Haar und einer Brille mit runden Gläsern. Sie trug einen dünnen blauen Mantel, darunter einen bordeauxfarbenen Rock.

»Sollten Sie irgendwelche Informationen haben, teilen Sie diese der Kollegin dort vorne mit. Ansonsten gehen Sie bitte weiter. Hier gibt es nichts zu sehen«, sagte ich mit ruhiger Stimme und wies mit ausgestrecktem Arm auf die Kollegin Sandra Rüter.

»Nichts zu sehen? Und weswegen weinen Sie dann?!« Etwas entrüstet trat ich einen Schritt zurück. Mit dem Handrücken fuhr ich mir über die Wange und tatsächlich: Eine Träne befeuchtete meine Haut.

»Kennen Sie das Mädchen?«, schaltete sich Sandra dazwischen, ehe es noch zu weiteren unangenehmen Fragen kommen konnte.

»Also ist es die Sophia? Oh Gott, wie schrecklich!«

»Wären Sie bereit uns zu erzählen, was sie von dem Kind wissen?«, hakte sie erneut nach und griff nach ihrem Stift.

»Viel weiß ich nicht. Sie war einfach ein Kind aus der Nachbarschaft.«

Sandra Rüter notierte, was die Frau ihr sagte, während ich meine Wange mit dem Ärmel meiner Jacke trocknete. Dann wandte ich mich wieder dem Mädchen zu. Genau wie bei den anderen Opfern wirkten die Narben am Arm nicht willkürlich gesetzt. Sie schienen ein weiteres Wort darzustellen.

»Ca… Ce… Co…«, murmelte ich vor mich her.

»Bemühen Sie sich nicht. Wir haben Fotos davon gemacht und werden sie später noch analysieren lassen«, unterbrach mich ein Kollege, dessen Name mir nicht bekannt war.

»Irgendetwas entdeckt?«, fragte Torben, als er mir über die Schulter sah.

»Nein. Leider nicht.« Ich verbarg mein Gesicht, als sich eine weitere Träne aus meinem Auge die Wange hinunterschob.

»Ist alles in Ordnung? Sie schienen eben etwas …«

»Wo ist überhaupt Klingenberg?«, schnitt ich seine Frage ab und sah mich um.

»Keine Ahnung. Vielleicht an einem anderen Tatort?«

»An einem *anderen* Tatort? Er weiß genau, dass dieser Fall oberste Priorität hat!« In meinem Bauch sammelte sich Wut, die langsam den Körper erklomm und Hitze in mein Gesicht trieb. Torben hob nur unwissend die Achseln.

Wo war dieser arrogante Schnösel, wenn man ihn mal

brauchte? Rasch zückte ich mein Handy und wählte seine Nummer. Der Ruf ging raus, dann tutete es mehrmals.

»Dieses … Er hat mich einfach weggedrückt!«

»Vielleicht ist er gerade in einem Gespräch oder fährt Auto?«

Ich warf Torben Reis einen bitterbösen Blick zu. Er verstand meine Geste.

»Ich fahre zurück aufs Revier. Sorgen Sie bitte dafür, dass die Bilder schnellstmöglich in die Verwaltung geschickt und anschließend entwickelt werden. Und die Eltern sollen für eine Aussage kommen.«

»Sind Sie sicher? Die beiden werden ziemlich unter Schock stehen.«

»Es waren jetzt schon so viele Opfer in so kurzer Zeit. Wir dürfen keine Sekunde verlieren, bis wir nicht wissen, was dahintersteckt.« Mit diesen Worten wandte ich mich ab und stieg ins Auto.

KAPITEL 2

»Klingenberg! Wo waren Sie?!«, keifte ich durch das Büro und zog schlagartig sämtliche Blicke auf mich, außer den einer einzelnen Person. Caius Klingenberg war der wahrscheinlich arroganteste Polizist, den ich je in meinem Leben getroffen hatte. Sein stets perfekt gestyltes Haar, die blauen Augen und der gute Körperbau hatten seinem Ego vermutlich einen Schuss Selbstbewusstsein zu viel verpasst. Zugegeben: Für seine 27 Jahre hatte er bereits beachtliche Fälle bei der Polizei in Rostock klären können. Doch wenn ich sah, wie die Frauen in seiner Gegenwart zu sabbern begannen und die Genugtuung, die er dabei verspürte, widerte es mich an.

»Geht es vielleicht noch lauter? Das ist wohl das Naturell von euch Berlinern. Immer laut und gerade heraus?«

Wut machte sich in mir breit. Wie er so dasaß, die Füße auf dem Tisch, in den Händen das Smartphone und dazu die Art und Weise, wie er mit mir sprach. Am liebsten hätte ich meine Manieren vergessen und ihm eine Ohrfeige verpasst.

»Das beantwortet nicht meine Frage«, zischte ich und unterdrückte den Impuls, ihm ins Gesicht zu schlagen.

»Natürlich nicht. Sie wollen wissen, wo ich war? Nun ja … Anderweitig beschäftigt.«

»Anderweitig? Sie wissen genau, was bei diesem Fall auf dem Spiel steht! Und warum weisen Sie meinen Anruf ab?«

»Ich sagte doch, ich war beschäftigt. Wenn der Fall *so* wichtig ist, wieso vergeuden Sie dann Ihre Zeit damit, mich auszufragen, anstelle der Eltern des Mädchens und nahestehende Personen?«

Ich ertappte mich selbst dabei, wie ich kurz zusammenzuckte. Er hatte recht. Doch woher wusste er, dass wir ein Mädchen gefunden und die Eltern benachrichtigt hatten? Ich war die Erste, die vom Tatort zurückkam und es ihm hätte persönlich sagen können. Oder hatte einer der Kollegen ihm eine SMS geschickt?

»Woher …«

»Kommissarin Küster! Herr und Frau Wilken sind da«, sagte ein herbeieilender Kollege etwas lauter und deutete hinter sich. Ich kannte ihn, aber wie hieß er noch gleich? Verdammtes Namensgedächtnis!

»Danke ähm … Ja, ist gut. Ich komme sofort.« Ich wandte mich wieder Klingenberg zu.

»Wir reden noch.« Ich hielt ihm drohend den Zeigefinger vor die Nase und funkelte ihn an. Er hob nur erstaunt die Augenbrauen.

»Herr und Frau Wilken, zunächst möchte ich Ihnen mein aufrichtiges Beileid aussprechen. Wir hätten Ihnen dieses Gespräch gern erspart, doch es gibt Grund zur Annahme, dass Sophias Tod mit weiteren in Verbindung steht.«

Die Eltern des Mädchens waren wie zu erwarten aufgelöst und in tiefer Trauer. Nur mühsam hoben sie ihre Blicke und unterbrachen das Schluchzen. Während die Mutter ein Taschentuch nach dem nächsten verbrauchte, riss sich der Vater so gut es ging zusammen. Er war unser Hauptgesprächspartner. Chris Schreiner, der neben mir saß und Protokoll führte, warf mir einen verunsicherten Blick zu. Ich wusste was er dachte. Hatte das hier überhaupt einen Sinn?

»Was meinen Sie damit, dass ihr …«, der Vater des Mädchens kämpfte mit sich und brachte das Wort nur schwer über die Lippen.

»Tod mit anderen in Verbindung steht?«, half ich ihm, öffnete die mittlerweile dicke Mappe zu dem Fall und nahm einige Bilder heraus.

»Dies sind Aufnahmen anderer Verstorbener. Genau wie Ihre Tochter haben sie sich scheinbar selbst verletzt.«

»Sophia hat sich nicht geritzt! Sie war ein glückliches Kind!«
Er war aufgebracht und schrie mich an. Aber das war nichts
Neues. Alle reagierten so, wenn ein geliebter Mensch als
nicht ganz so perfekt dargestellt wurde, wie er in ihrer Fantasie war.

»So leid es mir tut. Aber die Wunden an ihren Unterarmen
deuten auf etwas Anderes hin.« Ich behielt meinen ruhigen
Ton bei und hoffte, ihn so ebenfalls leiser werden zu lassen.
Doch es brachte nichts.

»Hören Sie auf so einen Quatsch zu erzählen!«
Es klopfte an der Tür und der Polizist von vorhin betrat den
Raum. Er reichte mir eine weitere Mappe und verschwand
anschließend wieder. Ich öffnete sie und warf einen Blick auf
den Inhalt. Eigentlich war es zu früh, doch nun zeigte ich
dem Vater die frisch entwickelten Bilder von Sophias eige-
nem Unterarm.

Er schluckte, riss schlagartig die Hand vor den Mund und
wandte die Augen ab.

»Diese Aufnahmen wurden am Tatort gemacht. War Sophia Rechtshänderin?«

Er nickte stumm.

»Umso wahrscheinlicher ist es, dass sie selbst diese Narben
am linken Unterarm verursacht hat. Mit hundertprozentiger
Sicherheit ist natürlich nichts, doch im derzeitigen Ermitt-
lungsstand müssen wir davon ausgehen.«

»Wieso ist uns das nie aufgefallen?« Seine Stimme war leise,
fast schon ein Flüstern.

»Vermutlich trug sie immer Oberteile mit längeren Ärmeln
oder Armstulpen. Machen Sie sich bitte keine Vorwürfe.
Viele Eltern wissen nicht, dass die eigenen Kinder sich selbst
verletzen.«

Ich verstaute das Foto wieder, als mir plötzlich ein Zettel ins
Auge sprang. Es war die Kopie eines Briefes, der mir zuvor

nicht gezeigt wurde. Vermutlich hatte die Spurensicherung diesen bereits beschlagnahmt, ehe ich angekommen war. Mein Blick wanderte kurz über die Gesichter der Eltern, die in sich zusammengesackt vor mir saßen und weinten. Chris riss das Wort nun an sich und versuchte den Eltern die Schuldgefühle zu nehmen, während ich mir das Stück Papier durchlas.

Diese Welt ist ein schrecklicher Ort.
Nur weil ich an Gott glaube, heißt es noch lange nicht, dass er auch an mich glaubt. Jeden Tag spüre ich es. Die Blicke der anderen. Seit diese Gerüchte in der Schule die Runde machen, schauen sie mich wie ein Monster an. Aber ich wollte es nicht! Gott wird mir vergeben. Ich werde Buße tun und dann wird alles wieder gut. Er hat das auch gesagt. Man wird mir vergeben und vergessen, was ich getan habe. Doch zuvor muss ich ein Engel werden.

Ein Abschiedsbrief der alles und doch so wenig preisgab.

»Zwei weitere Opfer wurden in den letzten drei Wochen mit den gleichen Verletzungen gefunden«, sprach mein Kollege weiter.

»Aber nur, weil sich alle so etwas antun, muss doch noch lange kein Zusammenhang bestehen!«

»Da haben Sie recht. Doch auch die Todesursache ist dieselbe. Alle haben Suizid begangen und sind von einem Hochhaus gesprungen«, sprudelte es aus Schreiner heraus. Scheinbar hatte er keinerlei Sinn für Empathie.
Die Mutter heulte auf und auch der Vater mühte sich um Fassung. Mein Herz weinte mit ihnen, doch ich durfte nicht schwach werden.

»Suizid …«, flüsterte er kaum hörbar.

»Wissen Sie vielleicht, ob sich etwas in Sophias Umgebung verändert hat? Hatte sie Streit mit ihrem Freund oder jemand anderem?«, schaltete ich mich wieder in das Gespräch ein, ehe Chris noch mehr Schaden anrichten konnte.

»Sophia hatte keinen Freund«, sagte Herr Wilken und wischte die Tränen von seiner Wange.

Aus irgendeinem Grund hatte ich mit seiner Reaktion und Aussage gerechnet. Zu häufig trat dieses Phänomen in der heutigen Zeit auf.

»Und wer ist dann mit *er* gemeint?«

»Er?« Ungläubig sah Herr Wilken mich an.

Ich nahm den Brief und drehte ihn so, dass die Eltern ihn lesen konnten. Ein weiterer Damm drohte zu brechen.

»Sie schreibt hier eindeutig von einem Jungen. Vermutlich wird es ein Mitschüler sein. Hatte sie Schwierigkeiten in der Schule?«

Wieder verneinte er und schüttelte fast schon geistesabwesend den Kopf, während seine Augen das Blatt Papier fixierten.

»*Verdammte Axt! Wieso schreibt sie dann von Mobbing?!*«, schrie meine innere Stimme, doch ich sprach es nicht aus.

»Sie war immer ein liebes, aufgeschlossenes Mädchen. Das was hier steht, ist für mich unerklärlich.«

Natürlich. Genau das hatten die anderen Eltern auch gesagt. Jeder dachte so über sein Kind. Alle Opfer waren beliebt und freundlich. Wenke, Tabea und nun auch Sophia.

»Was kann Sophia damit gemeint haben, dass ihr alle vergeben werden? Was hat sie getan?«

Wieder nur ein hilfloses Schulterzucken. Ich ahnte, dass eine Fortsetzung des Gespräches zu keinen aufschlussreichen Erkenntnissen führen würde und stellte daher eine letzte Frage.

»Wäre es für Sie in Ordnung, wenn wir uns in Sophias Zimmer umsehen und einige Gegenstände für die weiteren Ermittlungen mitnehmen?«

»Was für Gegenstände?«, fragte die Mutter zwischen zwei Taschentüchern. Es war das erste Mal, dass sie etwas sagte, seit sie das Revier betreten hatte.

»Das kann alles Mögliche sein. Fotos, Laptop, Notizblöcke. Alles was uns wichtig oder relevant erscheint.«

Die Frau nickte und stand dann auf.

»Dürfen wir gehen?«, fragte sie erst, als sie bereits unmittelbar vor der Tür stand. Es schien fast schon wie eine rhetorische Frage. Hätte kein Kollege davorgestanden, wäre sie wahrscheinlich schon draußen gewesen.

»Ja, natürlich. Danke für Ihre Zeit und entschuldigen Sie bitte die Umstände.«

Kaum, dass die beiden den Raum verlassen hatten, kam Markus zu mir. Er lehnte sich gegen die mittlerweile weniger weiße, als graue Wand und verschränkte die Arme vor der Brust. Dabei trat sein Bizeps etwas hervor und zog schlagartig meine Aufmerksamkeit auf sich. Trieb er mehr Sport als damals?

»Wollen wir das Gespräch noch durchgehen?« Seine vertraute Stimme riss mich aus den Gedanken und zurück in die Situation.

»Kann das bis morgen warten? Ich bin total erledigt.«

»Du wirkst abgelenkt.«

Ich zuckte nur mit den Achseln. Was sollte ich schon dazu sagen? Mein Kopf war voll von Wirrwarr.

»Na ja, ist auch schon spät. Dann einen schönen Feierabend! Pass auf dich auf!«, er legte mir die Hände auf die Schultern, ehe er dem Kollegen Schreiner zuwinkte.

»Tschüss, Chris!«

Ich schob mich an ihm vorbei, ging in mein Büro und setzte mich an den alten Schreibtisch. Seufzend schloss ich die Schublade auf, legte die Akte hinein und holte meine Handtasche hervor. Schlüssel, Handy, Portemonnaie, Kaugummis. Alles Lebenswichtige war beisammen. Ich drehte den Schlüssel im Türschloss um und wollte gehen, als mir ein Schreck durch die Knochen fuhr.

»Oh Gott!«, ich fuhr zusammen und schnappte nach Luft.

»Gott? Caius reicht. Oder Klingenberg, wie Sie mich immer nennen.«

»Verdammt, was wollen Sie noch von mir?« Als ob ich ihn einen Gott nennen würde …

»Ich von Ihnen? *Sie* sagten doch, wir würden noch reden.« Es machte ihm sichtlich Spaß, mich zu ärgern, doch mein Nervenkostüm war an diesem Tag nicht dafür geschaffen, mir seine Albernheiten anzuhören.

»Das klären wir morgen. Ich habe jetzt Feierabend.«

»Aber Frau Küster, der Fall ist doch soooo wichtig! Wie können Sie da einfach gehen?« Der Sarkasmus war deutlich hörbar, doch das war einfach zu viel. Die Pferde gingen mit mir durch. Ich packte Klingenberg am Kragen und zog ihn an mich heran.

»Jetzt pass mal auf Arschloch! Im Gegensatz zu dir habe ich eine Familie, die auf mich wartet. Mein Leben dreht sich nicht nur um mich oder die Arbeit. Die Familie kommt bei mir an erster Stelle, erst dann der Beruf. Und um dir eine Vorstellung davon zu geben, wann du in meinem Leben auftauchst: Du bist der Dreck, der unter meinen Fußsohlen zwischen Steinchen und Hundescheiße klebt!« Ich schnaubte vor Wut. Klingenberg hob unschuldig die Hände.

»Diese Fäkalsprache kenne ich ja gar nicht von Ihnen. Heiß!« Angewidert stieß ich ihn zurück, griff meine Tasche und ging.

»Bis Morgen, Frau Küster!«, säuselte er mir in gespielt süßer Stimme hinterher. Ich schüttelte mich, als könnte ich seine Worte so an mir abprallen lassen, doch diese eindringliche Stimme hallte durch meinen Kopf.

KAPITEL 3

Zu Hause angekommen warf ich meinen Schlüssel in die Schale auf der Kommode und hing die Jacke flüchtig auf den Bügel. Aus dem Wohnzimmer drangen Stimmen, die Pferde nachahmten. Allein der Klang zauberte ein Lächeln auf mein Gesicht.

»Mama!« Mia stürmte mir entgegen, als sie mich im Türrahmen erblickte und umschlang mich mit ihren kurzen Armen so gut es eben ging.

»Na mein Schatz? Wie war dein Tag?« Ich drückte ihr einen Kuss auf die Wange und sah sie erwartungsvoll an.

»Ganz toll! Heute haben wir im Kindergarten Bilder gemalt und danach waren wir in einem Wald spazieren! Da gab es gaaaaanz viele Käfer und einer wollte mich sogar beißen!«

»Ein Käfer wollte dich beißen?«

»Ja! Er ist auf meine Füße gekrabbelt, aber dann hat Rico ihn schnell totgemacht!«

»Dann hat Rico dich gerettet?«

»Ja! Rico ist ein Held! Wenn ich groß bin, dann heirate ich ihn!«

Ich lächelte nur. So unbeschwert und von sämtlichen negativen Gedanken befreit wie Mia wäre ich auch gern wieder.

»Wo ist Mala?«, fragte ich meinen kleinen Engel und schaute mich um.

»Sie ist noch nicht wieder da«, meldete sich nun Carmen zu Wort. Ich hatte ganz vergessen, dass sie auch im Raum war, so verzaubert war ich von meiner kleinen Tochter. Carmen Oldorp war unsere Nachbarin und eine herzensgute Person. Sie lebte gemeinsam mit ihrem Mann Heiko schon seit Jahren in der kleinen Zweiraumwohnung unter uns. Aufgrund einer Gelenkerkrankung konnte sie ihren Beruf als Erzieherin nicht mehr ausüben und lebte seitdem als Frührentnerin. Glücklicherweise kümmerte sie sich um Mia, wenn ich mal wieder länger arbeiten musste. Zweitschlüssel und Telefon sei Dank!

»Dieses Mädchen …«, zischte ich zwischen den Zähnen hervor und bemühte mich, meine Wut zurückzuhalten.

»Sie weiß ganz genau, dass sie …«

»Bin wieder da«, rief jemand aus dem Hausflur. Ich sprang auf und stürmte aus dem Zimmer.

»Mala! Du sollst doch immer spätestens um sechs zu Hause sein, wenn du dich nicht meldest! Wo zum Geier warst du also?!«

»Nerv nicht. Ich war mit Freunden unterwegs. Und außerdem bin ich kein kleines Kind mehr! Ich bin sechszehn!«

»Freunden? Etwa wieder mit diesem Kai?«

»Kyle!«

»Kai oder Kyle, ist doch völlig egal! Er ist kein guter Umgang für dich!«

»Was für einen Umgang brauche ich denn? So einen wie dich? Das würde nämlich bedeuten, dass ich gar keinen Umgang hätte!« Mit diesen Worten war die Diskussion für Mala beendet. Sie ging in ihr Zimmer und wandte all ihre Kraft auf, um die Tür zuzuschlagen.

So sehr ich mich auch bemühte, konnte ich Mala nicht böse sein. Es war nicht ihre Schuld.

»Tut mir leid. Soll ich mit ihr reden?«, fragte Carmen vorsichtig, während sie mir tröstend eine Hand auf den Rücken legte.

»Nein, schon gut. Sie hat ja recht.« Mein Blick ruhte auf Malas Zimmertür. Ich versuchte mich dagegen zu wehren, doch bei dem Gedanken an meine pubertäre Tochter musste ich an diese jungen Mädchen denken, die sich das Leben genommen hatten. Wie würde ich wohl reagieren, wenn es Mala wäre, die dort tot auf dem Boden gelegen hätte? Wahrscheinlich wäre ich zusammengebrochen. Ich hätte jeden gehasst, der mich nicht trauern und alles verarbeiten lassen würde. Was hatte ich den Eltern von Sophia Wilken nur angetan?

»Mama, du siehst traurig aus!«, Mia stand neben mir und zupfte an meiner Bluse.

»Alles gut mein Schatz. Mama ist nur etwas müde«, ich strich ihr über den Kopf und mühte mir ein Lächeln ab.

»Hast du keinen Mittagsschlaf gemacht?« Mia sah mich vorwurfsvoll mit ihren großen, blauen Augen an. Egal, wie düster die Situation war, sie schaffte es immer, mir ein Lächeln auf die Lippen zu zaubern.

»Nein, habe ich nicht.«

»Oh oh Mama! Mia macht immer Mittagsschlaf!«
Wieder lachte ich.

»Wenn du willst, passe ich noch eine Stunde auf und du legst dich etwas hin«, bot Carmen mir an und deutete auf das Schlafzimmer.

»Hast du nicht selbst noch etwas zu tun? Ich möchte dich nur ungern aufhalten.«

»Nein, ist schon in Ordnung. Heiko geht einkaufen und kommt daher erst später.«
Ich warf einen Blick auf die Uhr.

»In Ordnung. Dann lege ich mich kurz hin. Ich revanchiere mich bei dir! Versprochen!«

»Schon gut. Ich bringe Mia nachher ins Bett. Also geh und leg dich hin« Sie zwinkerte mir zu und ging mit meiner kleinen Tochter wieder ins Wohnzimmer. Ich streifte meine Schuhe ab, die ich noch immer trug, stellte sie in das dafür vorgesehene Regal und ging dann ohne Umschweife ins Schlafzimmer. Ich löste meinen Zopf und ließ mich dann in voller Montur aufs Bett fallen. Der Duft des frischen Lakens strömte in meine Nase, während meine Augen zufielen.

Streng genommen war es ein wenig produktiver Tag gewesen. Vormittags die lästige Ablage wegsortiert, danach einen Kaffee mit Markus getrunken, Berichte ausgefüllt und dann kam der Anruf wegen Sophia Wilken. Im Vergleich zu anderen Tagen also wirklich kaum etwas zu tun. Doch wahrscheinlich nahm mich die Sache mit den vielen jungen Mädchen dermaßen mit, dass ich einfach nicht mehr konnte. Meine letzten Gedanken galten Sophia, ehe ich in einen tiefen Schlaf fiel.

»Elena, hey, Elena! Es tut mir leid, aber ich muss jetzt wirklich runter.« Carmen hatte bereits ihre Tasche auf der schmalen Schulter, als sie mich weckte.

»Was? Wie spät ist es? Habe ich lange geschlafen?«

»Es ist kurz nach acht.«

»So spät schon?«

»Keine Sorge. Mia hat bereits gegessen, gebadet und ist im Bett.«

»Danke, Carmen. Was würde ich nur ohne dich tun.«

»Wir sehen uns dann morgen.« Sie lächelte mir noch einmal herzerwärmend zu, ehe sie ging.

KAPITEL 4

Ein schriller Ton erklang von dem dunklen Smartphone, das auf dem Waschbeckenrand lag. Ein zweites Mal meldete es sich, winselte um Beachtung. Doch der junge Mann hatte kein Bedürfnis auf das Display zu sehen. Zu sehr genoss er das heiße Wasser auf der bereits geröteten Haut. Während die linke Hand seine Bauchmuskeln entlangfuhr, machte sich seine Rechte an dem strammen Bizeps zu schaffen. Er liebte seinen Körper. Er war der Tempel seiner Seele und das Haus seiner selbst. Genussvoll schloss er die Augen, als seine Hand zu dem mittlerweile steifen Glied hinabwanderte. Den Kopf in den Nacken gelegt, dachte er an das Einzige, was er begehrte: Sich selbst. Niemand würde ihm widerstehen können. Niemand ihn zurückweisen. Es war anders als damals. Nun war *er* es, den alle und jeder wollte. Genau wie diese Mädchen es getan hatten.

Sein Atem ging schneller, während er an ihre Körper dachte. Die straffen, noch wachsenden Brüste, die glatte Haut. Die Narben an ihren Armen und die Bedeutung, die hinter all dem steckte.

Pling!

Mit einem Mal riss er den Duschvorhang beiseite, griff das Smartphone und warf es mit einem lauten Schrei an die weiße Wand. Das Plastik splitterte und streute in alle Richtungen, ehe das Gerät mit einem lauten Knall auf den Fliesen des Badezimmerbodens landete und wenige Zentimeter rutschte. Enttäuscht betrachtete er das nun erschlaffte Glied.

»Diese verfluchte Technik!«, zischte er zwischen zusammengepressten Zähnen hervor und funkelte das demolierte Smartphone wütend an. Dann schloss er die Augen und atmete tief durch. Der Ärger verflog so schnell, wie er gekommen war. Der Mann stieg aus der Dusche und warf einen Blick in den beschlagenen Spiegel. Eine Hand wischte über das Glas, sodass sein Gesicht sichtbar wurde.

»Sie werden dir gehören. Alle.«

Nackt und mit nach wie vor nasser Haut betrat er sein Wohnzimmer und legte sich auf die Couch. Der Laptop stand wie immer angeschaltet auf dem kleinen Tisch und offenbarte den Account auf Reach-Me. Dreiundzwanzig Neuigkeiten. Fünf neue Nachrichten. Elf Freundschaftsanfragen. Er öffnete sein Postfach, um sich einen Überblick zu verschaffen.

»Da seid ihr ja meine Lämmchen.« Er scrollte mit dem Cursor etwas weiter nach unten. Dann erhellte sich seine Miene.

»Oh. Du bist neu.« Ein Grinsen breitete sich auf seinen schmalen Lippen aus. Dann öffnete er den Chatverlauf und begann zu tippen:

>Hey, na wie geht's?<

KAPITEL 5

Vorsichtig öffnete ich meine brennenden Augen. Es war kurz nach fünf. Ich hatte noch eine Stunde Zeit, bis ich aufstehen musste. Aber es hatte keinen Sinn. Weiterschlafen konnte ich ohnehin nicht. Immer wieder rissen mich die Träume zurück in die Realität. Es waren die toten Mädchen. Sie riefen meinen Namen und baten um Hilfe. Nein, sie bettelten! Am Rande des Gebäudes stehend, streckten sie ihre Hände nach mir aus. Doch ehe ich sie erreichte, stürzten sie sich in die Tiefe. Noch im Fall wich sämtliche Farbe aus ihren Gesichtern, an den Armen rann Blut zu den Fingern und die Augen wurden leer, wie ein endloser Horizont. Und dann war da noch der Geruch. Dieser beißende, grauenvolle Geruch, der tief in meine Nase drang.

»Bah! Ich stinke wie ein Iltis!«, stellte ich angewidert fest und zupfte an dem klatschnassen Schlafshirt. Eine Dusche war mehr als überfällig. Ein Klappern ertönte von außerhalb des Raumes und ließ mich blitzschnell hellwach werden. War jemand in der Wohnung? Vorsichtig und möglichst leise setzte ich einen Fuß nach dem anderen und trat aus dem Schlafzimmer hinaus auf den Flur. Das Geräusch war verstummt. War es nur eingebildet?

Erneutes Klappern. Diesmal eindeutig aus der Küche. Ich warf einen Blick um die Ecke und spähte in Richtung Herd.

»Warum bist du schon so früh auf?«

Erschrocken riss Mala die Arme hoch, wobei die Cornflakes-Schüssel im hohen Bogen durch die Luft flog und anschließend auf dem Boden zerbrach, während ihr Inhalt teilweise auf meinem Kopf landete.

»Boah! Erschreck mich doch nicht so!«, meckerte meine Tochter und legte eine Hand auf die Brust.

Ich hob angewidert die Arme und sah der Milch zu, wie sie an mir hinabtropfte.

»Du siehst total fertig aus. Hast du nicht geschlafen?«, fragte sie und verzog das Gesicht, als der Schock nachgelassen hatte.

»Doch. Aber nicht so gut. Und wieso bist du schon wach?« Ich stellte mich neben meine Tochter und drehte den Wasserhahn auf, um meine klebrigen Finger zu säubern.

»Nicht so …« Mala hob den Tetrapak zur Nase und schnüffelte daran. »Ich glaube die Milch ist schlecht.«

»Nein, das bin ich. Ich gehe duschen.« Während Mala mir verwundert nachsah, überlegte ich bereits, welche Shampoos ich wohl mixen müsste, um den Schweißgeruch restlos beseitigen zu können.

Während das Wasser den Schaum von meinem Körper spülte, fuhr ich mit den Fingern immer wieder durchs Haar. Es erinnerte mich daran, wie mein Ex-Mann Tom mir früher immer den Kopf massiert hatte. Jeden Tag nach der Arbeit. Dabei hatte er seine Nase in meinem Haar vergraben, tief eingeatmet und anschließend die Stirn geküsst. Bis *sie* in unser Leben trat.

Ich hätte es merken müssen. Alle wussten es. Nur ich Dummchen bekam mal wieder nichts mit.

»*Auf Arbeit die scharfsinnige Ermittlerin und zuhause dumm wie Brot*«, dachte ich und hielt nur mit Mühe die Tränen zurück. Zu schmerzhaft war die Erinnerung an diese Zeit. So viel Freude, die schlagartig aus dem Leben gerissen wurde. Wie ein Faden, den man gewaltsam entzweiriss, statt ihn sauber zu trennen.

Das Wasser prasselte vor sich hin, während ich mich in Gedanken verlor. Die Männerwelt war definitiv kein Bonusfeld meines Lebens. Schon oft hatte ich daran gedacht, wieder jemanden zu suchen. Aber welche Chancen gab es für jemanden wie mich schon? Mitte dreißig, zwei Kinder, eins davon gefangen in der Zickenzone. Jackpot. Ich schlang die Arme um den schmächtigen Oberkörper, als umarmte ich mich selbst. Mit geschlossenen Augen stellte ich mir vor, wie diese kleinen Hände groß und rau waren, über die Haut streichelten und an meinem Körper hinunterwanderten. Den Kopf im Nacken entfuhr mir ein leises Stöhnen, während die Finger des imaginären Mannes an mir hinabwanderten und meine Schenkel berührten.

»Mama? Ich muss mal!«

Wie vom Blitz getroffen riss ich die Augen auf, wirbelte herum, kam unglücklich gegen den Duschhahn und rutschte weg. Ein dumpfer Ton gefolgt von einem schrillen Aufschrei erklang, als mein Hinterkopf gegen die Wand schlug und mich heißes Wasser anschließend verbrühte. So schnell es ging, drehte ich den Hahn zu und richtete mich wieder auf.

»Mama!« Mala hämmerte erneut gegen die Tür.

Genervt riss ich die Badezimmertür auf und starrte meine Tochter wütend an.

»Na endlich!« Ohne mich eines Blickes zu würdigen, schob sie sich an mir vorbei und schloss ab. Da stand ich also. Nackt, leicht verbrüht und mit pochendem Kopf, während aus dem Bad unschöne Geräusche nach außen drangen.

KAPITEL 6

Es war kurz vor acht, als ich mit schmerzendem Hinterkopf und brennenden Oberschenkeln das Büro betrat. Glücklicherweise war es nur eine Beule, die unsagbare Kopfschmerzen verursachte, doch sie reichte, um mich zu einer Schmerztablette greifen zu lassen.

Wie jeden Morgen verstaute ich die Tasche in der untersten Schublade des Tisches und zog aus der zweiten die Mappe mit allen Daten zu Sophia Wilken. Seufzend betrachtete ich die Bilder des toten Teenagers und las die Notizen der Kollegen durch. Das alles war viel zu schrecklich, um wahr zu sein. Weshalb hatte sie das getan? Was bedeutete der Brief? Wieso bekamen die Eltern niemals mit, wenn mit dem Kind etwas nicht stimmte? Zwangsläufig dachte ich an Mala und wie verschlossen sie war. Ob auch ich etwas übersah?

Ich breitete die Bilder von Sophia und den anderen Mädchen nebeneinander aus und ließ den Blick wandern.

»Das kann kein Zufall sein. Daran glaube ich einfach nicht.« Die Konzentration vertrieb den Schmerz in eine der hinteren Ecken meines Oberstübchens.

»Hey. Alles ok? Siehst mitgenommen aus.« Markus setzte sich auf meine Tischkante. Ich hatte ihn gar nicht hereinkommen gehört. Er roch angenehm nach Duschgel und wirkte frisch rasiert. Das schwarze T-Shirt mit dem V-Ausschnitt kannte ich noch von früher. Der aufgedruckte Schriftzug blätterte langsam ab, doch das schien ihn nicht weiter zu stören. Er sah mit einem sorgenvollen Blick zu mir. Seine strahlend blauen Augen vermittelten mir ein Gefühl von Wärme und Vertrautheit, als könnte ich ihm alles sagen. Nicht zuletzt deswegen waren wir damals ein Paar geworden.

»Das Übliche. Ich werde zu alt für den Scheiß.«

»Du bist 36!«, stellte Markus fest und stieß mir leicht in die Rippen. Wir lachten beide.

»Nein, ernsthaft. Wie geht es dir?« Seine Hand ruhte auf meiner Schulter und ich spürte, wie mein Herz schneller schlug.

»Hab mir heute Morgen ungünstig den Kopf gestoßen und seitdem hämmert es da oben, wie auf einer Baustelle.«

»Autsch. Ist dir schwindlig? Hast du gespuckt?«, fragte er und beugte sich zu mir herab. Ich schüttelte nur den Kopf.

»Alles ok. Bin einfach nur total fertig. Wieder ein junges Mädchen, die gleichen Wunden, gleiche Vorgehensweise. Wenn wir jetzt nur endlich mal eine andere Gemeinsamkeit zwischen den Fällen finden würden, wäre das schön. Die bisherigen Erkenntnisse bringen uns gar nicht voran.«

»Dann habe ich gute Neuigkeiten für dich. Die Jungs von der IT haben gestern Abend die Laptops von Tabea Hilger und Wenke Rausch entschlüsselt und vollen Zugriff auf absolut alles.«

Mein Griff um eines der Fotos festigte sich. Mit ein bisschen Glück würden wir endlich etwas finden.

Als wir bei den Technikern ankamen, saß Caius bereits an einem der Computer. Seine in Gummihandschuhen verpackten Finger glitten rasch über die Tastatur, während der Blick unermüdlich auf den Bildschirm gerichtet war.

»Schon was gefunden?«, fragte ich und sah ihm über die Schulter.

»Kann man so sagen. Ich bin die Dateien von Wenke Rausch durchgegangen und habe das hier gefunden.«

Mit einem Klick öffnete er ein Worddokument.

»Vermutlich ein Abschiedsbrief.«

»Ich würde es mir gern durchlesen, bevor ich urteile«, gab ich ihm mit einem bösen Unterton zu verstehen und drehte den Bildschirm etwas in meine Richtung.

Es ist nie leicht. Das mittlere von drei Kindern. Meine große Schwester macht ihr Ding, verärgert meine Eltern. Mein kleiner Bruder ist der Liebling. Ich stehe immer irgendwo dazwischen. Ich bekomme gute Zensuren. Na und? Ich habe einen Freund. Wen interessiert das? Meine Familie jedenfalls nicht. Alex muss meine Eltern nicht unbedingt kennenlernen. Wahrscheinlich ist es auch besser. Auch Frieda denkt so. Wahrscheinlich würden meine Eltern es nicht einmal bemerken, wenn ich verschwinde. Egal was ich tue, vorher muss ich ein Engel werden.

Diese letzte Zeile ließ mir das Blut in den Adern gefrieren und den Atem stocken.

Genau das hatte auch Sophia geschrieben. Ich öffnete die Mappe mit den Bildern und dem Brief, die ich mitgenommen und neben den Laptop gelegt hatte und zückte das Stück Papier.

»Da! Lesen Sie!« Mein Zeigefinger pochte auf den letzten Satz, während Klingenberg mich fragend ansah.

Er zog den Brief zu sich und tat, was ich befohlen hatte.

»Das bedeutet, dass es eine Verbindung gibt«, schlussfolgerte er und sah zu mir auf.

»Hat schon jemand diesen Alex befragt? Oder Frieda? Irgendwelche Freunde von ihr?« Alle um uns herum schüttelten den Kopf.

»Gut, ich fahre in die Schule und suche sie. Klingenberg?«

»Bin dabei.« Er sprang von seinem Stuhl auf und folgte mir aus dem Büro.

KAPITEL 7

»Sagen Sie, Frau Küster, was stört Sie eigentlich?«
Der schwarze Mercedes fuhr vorsichtig vom Parkplatz, während mein Kollege mir einen kurzen Seitenblick zuwarf.

»Woran?«

»Sie haben ganz eindeutig etwas gegen mich.«

Ich seufzte. Wie ich solche Gespräche hasste. Was erwarteten die Leute? Eine Lobeshymne über sich selbst? Lügen?

»Wollen Sie die Wahrheit oder lieber Honig ums Maul? Ich warne Sie. Es könnte verletzend sein.«

»Nur zu.« Fast schon desinteressiert blickte er stur nach vorn, während wir die Hauptstraße entlangfuhren.

»Na schön. Es ist Ihre Art. Dieses selbstgefällige, egoistische Verhalten. Sie sind unhöflich und aufmüpfig. Ich frage mich jedes Mal, wie jemand wie Sie so beliebt bei den Frauen sein kann. Wie Sie mit der Damenwelt spielen! Sie wissen genau, dass Sie sehr gut aussehen und gewisse Gelüste auslösen. Umso schlimmer, dass Sie das ausnutzen. Für Sie ist das alles ein großes Spielbrett und Sie ziehen immer wieder über Los und kassieren.«

Entgegen meinen Erwartungen lachte Klingenberg kurz und grinste anschließend breit.

»Was ist daran jetzt so lustig?«, fragte ich verwirrt.

»Sie nannten mich scharf.«

Schlagartig errötete ich.

»Ich sagte gut aussehend!«

»SEHR gut aussehend.« Er hielt an einer roten Ampel und sah zu mir herüber.

»Da wir das jetzt geklärt haben, darf ich meine Meinung über Sie äußern? Sie sind eine Mittdreißigerin, die bereits sämtliche Lebenslust verloren hat. Nach der Arbeit hocken

Sie vermutlich allein daheim auf der Couch, ziehen sich irgendeine Serie rein und essen dabei unentwegt Eiscreme.«
Entsetzt sah ich ihn an. Gerade als ich zu einer gepfefferten Antwort ausholen wollte, brach er in schallendes Gelächter aus.

»Entspannen Sie sich! Das war ein Scherz!«

»Idiot. Nur fürs Protokoll: Ich sitze nicht allein auf der Couch. Ich habe zwei Töchter!

»Wie alt?«

»Zu jung für Sie! Es sei denn, Sie stehen auf Kleinkinder und pubertäre Mädchen.«
Er zuckte nur mit den Achseln, antwortete jedoch nicht. Ich sah ihn stumm an. Was sollte das? Keine Widerrede?

»Wir sind da«, wechselte er das Thema und hielt den Wagen an. Ich war so in Rage gewesen, dass mir vollkommen entgangen war, wie er eingeparkt hatte.
Ohne ein weiteres Wort stiegen wir aus und betraten das Grundstück der Kooperativen Gesamtschule. Mein Blick wanderte zwischen den zahlreichen Schülern umher, während der Weg uns über den Schulhof zum Haupteingang führte. Vor allem die jungen Mädchen rutschten in meinen Fokus. Jede von ihnen könnte die nächste sein.
Klingenberg betrat das Gebäude und erkundigte sich bei einem vorbeilaufenden Schuljungen nach dem Zimmer des Direktors, während ich den Flur entlang sah. Auf den ersten Blick wirkte das Gebäude alles andere als hochmodern, doch vermutlich lag das an den Standards, die ich aus Berlin gewohnt war.
Mein Kollege ging voraus und führte uns direkt ins Sekretariat.

»Guten Tag. Klingenberg mein Name, das ist die Kollegin Küster. Wir würden gern mit dem Direktor sprechen.«
Er zeigte der Dame hinter dem Tisch seinen Dienstausweis,

während sein Blick durch den Raum wanderte.

»Polizei? Worum geht es denn?«, fragte die korpulente Frau mit den roten Locken und legte einen Stapel Papiere zur Seite, den sie bis eben noch in den Händen gehalten hatte.

»Das würden wir gern persönlich mit dem Direktor besprechen«, schaltete ich mich nun ein und nickte der Frau freundlich zu.

»Na schön. Warten Sie bitte hier.« Sie stand auf, klopfte an die Durchgangstür und betrat den Raum dahinter. Wenige Sekunden vergingen, ehe wir hineingebeten wurden.

»Guten Tag, mein Name ist Zollmer. Ich bin der Direktor der Schule. Sie wollten mit mir sprechen? Ach bitte! Setzen Sie sich doch erst einmal!« Der in die Jahre gekommene Mann wirkte sehr nervös. Er wischte die Handflächen an der Hose trocken und schob die Stifte auf seinem Tisch unentschlossen von einer Stelle an die andere.

»Es geht um eine Ihrer Schülerinnen. Sophia Wilken«, begann mein Kollege ohne Umschweife.

»Sophia ... Ich hörte bereits davon. Tragisch, tragisch.«

»Ja, jedenfalls wollten wir wissen, ob es in ihrer Klasse einen Jungen namens Alex gab.«

»Ich schaue kurz in die Unterlagen. Aus dem Kopf weiß ich das natürlich nicht.« Er ging an einen altertümlichen Aktenschrank mit Hängeregistratur und zog einen Hefter hervor. Eine Liste mit dem Finger absuchend setzte er sich wieder uns gegenüber. Dann schüttelte er den Kopf.

»In anderen Klassen?«, fragte Klingenberg forsch und ließ den Mann ihm gegenüber nervös an seinem Hemd zupfen.

»Ich denke ja. Der Name ist ja nun keine Seltenheit.«

»Wir benötigen Bilder von allen.«

»Von allen?« Herr Zollmer riss die Augen weit auf und warf einen Blick in Richtung seiner Aktenschränke.

»Es sei denn, es wäre Ihnen lieber, wir würden jeden einzeln antanzen lassen.«

Der Direktor schluckte und schüttelte den Kopf.

»Gut. Senden Sie die Unterlagen bitte an diese Adresse. Heute noch, wenn es geht. Ansonsten morgen.« Mein Kollege reichte dem verstört wirkenden Mann eine kleine Karte und stand auf. Nachdem er ihm kurz zugenickt hatte, ging er. Verwirrt sah ich ihm nach. Was war das denn?

»Danke für die Zeit. Wir melden uns, sobald es etwas Neues gibt«, sagte ich an den Direktor der Schule gewandt, richtete mich auf und folgte dem jungen Schönling.

»Was sollte das?«, flüsterte ich Klingenberg zu, während wir den Flur entlanggingen. Er sah mich nur verständnislos an.

»Führen Sie *so* Ermittlungen durch?«

»Alles andere wäre Zeitverschwendung. Er müsste in die Akten sehen. Sollten wir etwa warten, bis er jedes Blatt durchgesehen hat?«

»Nein, natürlich nicht, aber …«

»So arbeite ich nun einmal. Kurz und prägnant.«

Ein Mädchen kam uns entgegen. Ich schätzte sie auf Malas Alter. Die braunen Locken waren zu einem Dutt gebunden und verliehen ihrem sonst so kindlich wirkenden Gesicht eine gewisse Strenge. Sie trug eine hautenge Jeans und ein weißes Top, das die braune Haut betonte. Dazu große goldene Ohrringe. Es war eher ein Stolzieren, als ein normales Gehen. Als sie uns passiert hatte, wandte mein Kollege sich um und musterte ihre Rückseite auffällig.

»Ist das ihr Ernst?«

»Appetit holen darf man sich doch noch?«

Ich schnaubte verächtlich.

»Fahren wir lieber wieder aufs Revier, bevor Sie noch weiteren Kindern hinterhergaffen.«

»Kindern? Die war sicherlich fünfzehn oder sechszehn. In dem Alter ist man kein Kind mehr.«

»Für mich schon.«

»Heranwachsende halte ich für angebrachter. In dem Alter sind sie am schönsten.« Klingenbergs Stimme hatte einen schwelgenden Unterton, der mich stutzig machte.

»Ich dachte Männer stehen auf Frauen in den Zwanzigern?«

»Aber dann sind sie doch schon so verdorben.«

»Erfahren meinen Sie.«

»Genau. Erfahren.« Etwas in seinen Augen blitzte kurz auf. Doch noch ehe ich einen weiteren Gedanken daran verschwenden konnte, traten wir den Rückweg an.

KAPITEL 8

Als Klingenberg und ich das Büro betraten, starrten uns alle an. Hatte ich ein Kotelett im Gesicht, oder was?

»Und? Haben Sie etwas herausgefunden?«, fragte mich eine junge Frau. Ich glaube, sie war eine Streifenpolizistin.

»Haben Sie nichts zu tun? Ich hätte noch einen ordentlichen Stapel an Ablage.« Klingenberg beugte sich zu ihr und sah sie herausfordernd an. Die Frau verzog beleidigt das Gesicht und trat einige Schritte zurück.

»Dachte ich mir. Dann ab!« Sein Ton hatte etwas Schroffes an sich, was mich aufhorchen ließ.

»Wie reden Sie denn mit ihr?«, fragte ich ihn entsetzt und zugleich vorwurfsvoll. Mein Kollege seufzte, packte meinen Oberarm und zerrte mich in die Teeküche.

»Raus!«, befahl er den beiden Auszubildenden, die gerade neuen Kaffee aufsetzten. Ohne ein Widerwort stürmten sie an uns vorbei. Klingenberg knallte die Tür zu.

»Wollten Sie mich allen Ernstes vor versammelter Mannschaft maßregeln?« Sein Gesicht war dem meinen so nah wie nie. Er schnaubte wütend.

»Sie können nicht jeden wie Dreck behandeln und umherschubsen.«

»Wagen Sie es nie wieder, mich vor anderen bloßzustellen! NIE WIEDER!«, keifte er mit weit aufgerissenen Augen. Ich antwortete nicht. Mit einem wütenden Aufschrei entfernte er sich wieder etwas.

»Das hier ist Rostock. Eine verdammt kleine Stadt im Vergleich zu Ihrem großen Berlin. Wir zwei arbeiten gerade an dem einzig bedeutenden Fall in diesem Kaff. Und glauben Sie mir. Der Buschfunk funktioniert! Wenn uns irgendwelche Typen durch die Lappen gehen, nur weil die gesamte Belegschaft mal wieder vor Neugierde platzt, dann rollen Köpfe!«

»In Ordnung. War es das?« Ich sah, wie meine ruhige Art ihn nur noch mehr aufregte, doch was sollte ich schon sagen? Natürlich verstand ich nun besser, was er wollte und warum er es tat. Aber das war Klingenberg! Nach wie vor ein Arschloch. Er verdiente kein Lob oder eine Zustimmung.

Er ging zur Tür, öffnete sie und gab mir mit einer Kopfbewegung zu verstehen, dass ich gehen sollte. Als er mir nicht folgte, sah ich fragend zu ihm.

»Ich bleibe noch kurz hier.« Die Tür fiel wieder ins Schloss. Stille im Raum. Ich wusste nicht, was ich erwartet hatte. Einen Schreikrampf? Klirrendes Geschirr? Doch es gab nichts dergleichen. Nachdenklich ging ich den schmalen Flur entlang und klopfte an Markus' Büro.

»Herein!«, ertönte seine Stimme von drinnen. Ich betrat den Raum und setzte mich auf den Stuhl ihm gegenüber.

»Was war denn da los? Das ganze Büro ist am Tuscheln.« Er lehnte sich in seinem Stuhl zurück und fuhr mit den Händen durch das dunkle Haar, ehe die Finger die Computermaus wieder blitzschnell von A nach B schoben.

»Wie lange kennst du Klingenberg schon?«

»Puh, du stellst Fragen. Ich glaube seit zwei oder drei Jahren. Wieso?« Er sah kurz von seiner Arbeit auf, wandte sich jedoch sofort wieder dem Schreiben eines Berichtes zu.

»Ist er sehr launisch? Also leidet er an Stimmungsschwankungen? Heute, als wir zur Schule von Wenke Rausch gefahren sind, war er fast schon nett. Sehr ungewöhnlich für ihn. Auf der Rücktour ein schweigendes Grab und vor zwei Minuten unglaublich aggressiv.«

Markus stoppte in der Bewegung und sah mir direkt ins Gesicht. Die blauen Augen zu Schlitzen gezogen musterte er mich scharf von oben bis unten.

»Hat er dir etwas angetan? Hat er dich angefasst?«

Ich schüttelte energisch den Kopf.

»Ach vergiss es. Ist nicht so wichtig. Wahrscheinlich hat er einfach einen schlechten Tag wie jeder andere auch.«

»Sicher?« Seine volle Aufmerksamkeit galt nun mir.

»Ja. Ich muss wieder an die Arbeit. Wir sehen uns später?«
Er nickte und lächelte mir zu.

Ohne ein weiteres Wort stand ich auf und verließ das Büro. Es gab momentan wichtigere Dinge, als einen fragwürdigen Kollegen. Seufzend ließ ich mich in den billigen Stoffbezug des Drehstuhles fallen und starrte auf den Bildschirmschoner. Plötzlich legte sich meine Stirn in Falten. Direkt vor mir, inmitten des Blumenmeeres, welches meinen Monitor ausfüllte, klebte ein kleiner, quietschgelber Zettel, ein Post-it. Ich riss ihn ab und starrte auf die Adresse:

Dr. Hendrik David Leptin
Deutsche-Med-Platz
Ärztehaus
18057 Rostock

Dazu ein kurzer Kommentar: »Wenkes Psychiater«
Ein Schauer lief mir den Rücken hinunter. Psychiater.
Ich öffnete die Karte am Computer und sah mir die Gegend genauer an. Mein Ziel lag in der Innenstadt, um genau zu sein, in einem Ärztehaus. Ohne noch einen weiteren Gedanken zu verschwenden, schnappte ich meinen Kram und machte mich wieder auf den Weg. Zeit für Doktorspiele.

KAPITEL 9

Nervös lief ich im Wartezimmer auf und ab. Wie lange würde es dauern, bis man mich empfing? Es war kurz nach zehn, doch abgesehen von mir gab es niemanden, der wartete. Vielleicht war er kein guter Psychiater? Oder neu und noch keine Kundschaft? Mein Kopf zog zig Gedanken heran und spielte die verschiedenen Möglichkeiten durch. Alles nur, um sich nicht an damals erinnern zu müssen.

»Hallo Elena. Komm doch bitte rein«, säuselte eine ekelhaft süße Stimme in meinem Kopf. Ich schüttelte mich so heftig es ging, um die Worte von Dr. Witt auszublenden. Ich hatte diesen Mann gehasst. *Meinen* Psychiater. Die Erinnerung an jenen Arzt und was der Grund für meine Therapie war, schlug auf mich ein, wie ein Hagelsturm auf ein Stück Reispapier.

»*Entspann dich. Du bist nicht hier, um dich behandeln zu lassen. Und da drin sitzt nicht Dr. Witt! Komm runter*«, redete mein Gewissen auf mich ein, doch es half alles nichts. Immer wilder tigerte ich durch das Vorzimmer, seine Worte in meinem Kopf, stieß mit dem Bein gegen den kleinen Beistelltisch, der voller Zeitungen war und fluchte leise über dieses Missgeschick. Genervt ließ ich mich auf einen der modernen Polsterstühle fallen und wanderte mit den Augen durch den Raum, in der Hoffnung mich ablenken zu können. Die Wände waren in einem warmen Ton gestrichen, der an Eierschalen erinnerte. Sie waren mit zahlreichen Stillleben dekoriert, die nebeneinander in ihren eigenen Rahmen existierten. Ein Boot, das im Sonnenuntergang auf ruhiger See vor sich hertrieb, tat es mir besonders an. Die Farbe des Wassers, ein tiefes, undurchlässiges Blau, strahlte etwas Verstörendes aus. Es drohte mich in die Tiefe zu ziehen. Weit in die Dunkelheit des Meeres, fernab von Sonnenlicht und Land. Weg von dem schützenden Deck des kleinen Bootes.

»Ich werde dir helfen. Du kannst mir vertrauen.« Dr. Witts dickbäuchige Gestalt, sein Vollbart und die Brille mit dem dicken Rand, erschien mitten im Meer und grinste mich an, während er die Hand nach mir ausstreckte.

»Alles in Ordnung?« Eine Stimme riss mich aus der Fantasie. Einige Meter vor mir standen zwei Männer. Einer von ihnen, er war ungefähr zwanzig, trug ein grünes Shirt mit Aufdruck, an dessen Achseln sich große Schweißränder gebildet hatten. Die dunklen Haare klebten unter dem Basecap nass an seiner feuchten Stirn. Auf den ersten Blick hätte man wohl eher vermutet, dass er aus einem Fitnessstudio kam und nicht von einem Arzttermin. Seine schmalen Finger umklammerten die schwarze Umhängetasche so fest, dass ich glaubte, sie würde jeden Moment aufreißen. In den hellen Augen spiegelte sich das blanke Entsetzen. Die Brust hob sich kräftig, während der Atem schwer ging.

Der andere Mann hingegen war die Ruhe selbst. Ich schätzte ihn auf Anfang oder Mitte vierzig. Das braune Haar war zur Seite gekämmt und mit Gel fixiert. Die ebenfalls braunen Augen wach und stechend. Er trug einen Dreiteiler bestehend aus einem schwarzen Jackett, einer gleichfarbigen Weste und einem dunkelroten Hemd. Dazu eine dunkle Krawatte. Sein seriöses Erscheinungsbild verriet sofort, dass ich zu ihm wollte.

»Ja. Alles ok.« Ich nickte kurz, um der Antwort mehr Druck zu verleihen.

»Sicher?« Sein Zeigefinger deutete an mir herunter. Erst jetzt fiel mir auf, dass sich meine Fingernägel in die Lehne des Stuhles gebohrt und Spuren hinterlassen hatten. Erschrocken zog ich die Hände weg, legte sie in den Schoß und sah zu ihm.

»Wollten Sie zu mir?« Er hob erwartungsvoll die Augenbrauen. Aus meinem Mund kam kein Ton.

»Entschuldigung. Ich habe mich gar nicht vorgestellt. Mein Name ist Leptin.«

»Dr. Leptin?« Die trockene Kehle ließ nur ein heiseres Krächzen zu. Peinlich berührt räusperte ich mich.

»*Denk daran, weswegen du hier bist!*«, ermahnte mich die Stimme in meinem Kopf abermals. Ich streckte den Rücken durch, hob das Kinn und fand meine Stimme wieder.

»Elena Küster, Kommissarin. Ich hätte einige Fragen zu ...«

»Besprechen wir das doch lieber in meinem Büro«, unterbrach mich der Psychiater und lächelte leicht. Dann trat er einen Schritt beiseite, um den Weg frei zu machen und gab mir zu verstehen, dass ich in den Raum hinter ihm gehen sollte.

»Wir sehen uns nächste Woche«, sagte er leise zu dem jungen Mann, der nach wie vor krampfhaft an seiner Tasche hing und nur vorsichtig nickte.

Ohne noch weiter zu zögern, betrat ich den Raum vor mir und sah mich um. Eine dunkle Ledercouch stand mitten im Zimmer. Daneben zwei Sessel. Etwas entfernt in der Ecke hatte er einen Schreibtisch platziert, dessen Ausstattung äußerst spärlich war. Ein Notebook, ein Set bestehend aus wenigen Stiften, ein kleines Buch, daneben eine Tischlampe. Fertig. Dahinter ein großes Bücherregal.

»Bitte, nehmen Sie Platz.« Dr. Leptin ging an mir vorbei und deutete auf einen der Sessel, während er an eine Kommode nahe des Schreibtisches ging und ein Glas mit Wasser füllte.

Ich beobachtete seine Bewegungen. Der Gang strotzte nur so vor Selbstbewusstsein. Aufrecht, fast schon steif und mit erhobenem Kinn. Alles wirkte wie einstudiert. Kein Griff war unnötig, jeder saß perfekt. War er ein Snob? Oder ein Spießer? Ein Perfektionist? Vielleicht auch einfach nur streng erzogen?

»Bitte sehr.« Er reichte mir das Glas und setzte sich mir gegenüber.

»Also. Worum geht es denn?«, fragte er und faltete die Hände im Schoß. Ich trank einen Schluck von dem Wasser, ehe ich zu sprechen begann. Warum kratzte mein Hals ausgerechnet jetzt?

»Wenke Rausch. Sie war eine Patientin von Ihnen.«

»Nun, ich nehme die ärztliche Schweigepflicht sehr ernst. Ohne eine Zustimmung der Eltern oder einen richterlichen Beschluss darf ich mit Ihnen leider nicht über meine Patienten reden.«

»Natürlich. Moment bitte.« Meine Finger kramten in der Tasche und zogen wenige Sekunden später die Einwilligung der Familie Rausch aus der Seitentasche. Ich beugte mich vor und reichte sie dem Arzt. Dabei gab mein tiefer Ausschnitt unnötig viel preis. Peinlich berührt machte ich einen weiteren Knopf meiner Bluse zu, nachdem er das Blatt an sich genommen hatte. Sorgsam las er das Papier, wobei seine Augen pfeilschnell von Zeile zu Zeile sprangen. Konnte er wirklich so rasch erfassen, was dort stand?

»Einen Moment bitte.« Dr. Leptin stand auf, zog aus der Schublade seines Schreibtisches eine Akte und legte sie direkt daneben. Wenige Augenblicke später saß er wieder in dem Sessel und nickte.

»Gut. Wenke befand sich bei Ihnen in Therapie. Soweit ich weiß, bereits seit einigen Jahren. Weswegen?«, fragte ich, als seine Aufmerksamkeit wieder mir galt.

»Ihre Eltern hatten darauf bestanden, weil sie häufiger sehr aggressive Albträume hatte. Das Ausmaß war derart groß, dass das Mädchen nächtelang kein Auge zutat.«

47

»Albträume? Mehr nicht?«

»Sicherlich mag es für Sie, Frau Küster, wie eine Lappalie klingen. Doch abhängig von der Person und dem entsprechenden Geist und der mentalen Stärke können auch unsere nächtlichen Fantasien das Leben zu einem Höllenritt machen. Ich denke, sie wissen was ich meine.«

Verwundert sah ich ihn an.

»Sie sind Kommissarin. Wer, wenn nicht Sie, sieht das ganze Ausmaß unseres kranken Daseins? Ich rede hier von Nekrophilie, Kannibalismus, Pädophilie, Schizophrenie. Sie werden sicherlich einige schlimme Dinge mitangesehen haben. Nun, Wenke hatte es in ihrer Fantasie erleben müssen.«

»Sie hat es in ihren Träumen *erlebt*?«

»Der Begriff Phantomschmerz sagt Ihnen sicherlich etwas. Das Mädchen wurde fast jede Nacht in ihren Träumen von Männern missbraucht. Wenn sie dann morgens erwachte, schmerzte ihr Geschlecht so sehr, dass die Mutter sie zum Arzt brachte. Erst viel später stellte man fest, dass alles psychischer Natur war.«

»Wieso Missbrauch? Gab es einen derartigen Vorfall?« Ich begann mir Notizen zu machen. Der Mann mir gegenüber beobachtete mich mit scharfem Blick. Seine gepflegten, schmalen Lippen verzogen keine Miene und ruhten ruhig aufeinander. Er wartete, bis ich wieder von meinem winzigen Block aufsah, eher weitersprach.

»Nein. Nicht direkt. Aus einem unerklärlichen Grund fürchtete sie sich seit einigen Jahren vor Männern. Vermutlich hing es mit der Pubertät und der Selbstfindung zusammen. Doch genau kann man das nicht sagen.«

»Sehr komisch«, sagte ich und starrte auf meinen Block.

»Nicht wahr? Unser Kopf ist doch immer wieder faszinierend. Er projiziert Fantasien, die wir nie am eigenen Leib erfahren haben, womöglich nie werden und stellt sie uns so

glaubhaft dar, dass man vergisst, in einem Traum zu sein.«
Ich nickte, während meine Augen die Bewegungen seiner
Lippen verfolgten. Dieser Mann hatte meine volle Aufmerksamkeit. Es war, als wäre mein Kopf im Jagdmodus. Kein
Wimpernzucken, keine Handbewegung entging meinem
Blick. Fast schon krankhaft überkam mich das Verlangen
ihm näherzukommen, ihn anzufassen. Seine Erscheinung
war so unwirklich. Selbst im Sitzen strahlte der Doktor eine
unglaubliche Eleganz aus. Wahrscheinlich glich er selbst im
Schlaf sabbernd einem stolzen Löwen. Und was wohl unter
diesem Hemd war?
Dr. Leptin lächelte kurz, als er mein Starren bemerkte. Ich
blinzelte mehrmals, spürte wie mir die Schamesröte in die
Wangen schoss und schüttelte den Kopf, um meine Gedanken zu vertreiben.
»Äh … Also … Ähm …«, stotterte ich und versuchte mich
zu sammeln. »Wie war Wenke die letzten Male? Also als Sie
zwei zusammen waren? Beisammen! Also in ihren letzten Sit-
zungen?«
Was war nur los? Wieso war ich so nervös? Dr. Leptin
schmunzelte kurz, wurde danach jedoch wieder ernst.
»Verändert.« Die Augen wanderten zu Boden, während
sein Kopf sich keinen Millimeter bewegte.
»Inwiefern verändert?«
»Sie haben ihn gefunden?« Unsere Blicke trafen sich.
Kleine Fältchen bildeten sich zwischen Dr. Leptins Augenbrauen, als er die Augen leicht zusammenkniff. Fragend hob
ich die Augenbrauen.
»Den Brief«, fügte er seiner Frage hinzu, als ich nicht ant-
wortete.
»Sie wissen davon?«
»Wahrscheinlich bin ich der Einzige, der nahezu jedes Ge-
heimnis dieser armen Seele kennt. Sie konnte nicht mit ihren

Eltern reden und auch ihre Freunde waren keine Quelle des Vertrauens.«

Ich holte auch den Brief aus der Tasche und hielt ihn kurz hoch. Der Psychiater nickte nur.

»Darf ich?« Er griff nach dem Papier und las es.

»Wissen Sie, Frau Küster, als Wenke den Brief erwähnte und auch dessen Inhalt, war sie im Inbegriff diesen zu verfassen. Ich habe das fertige Exemplar bis jetzt nie zu Gesicht bekommen. Als mir ihre Eltern von der Tragödie berichteten, war ich mir fast sicher, dass der Brief Teil ihres Abschieds sein sollte.«

»Das bedeutet, Sie wussten, dass das Mädchen sich umbringen wollte?«

Er schwieg für einen Moment.

»Sie sagte mir, wie unglücklich sie sei und was der Grund dafür war. Doch nie vermittelte Wenke den Eindruck, dass sie ihrem Leben ein Ende setzen wollte«, erklärte er und sah nachdenklich an mir vorbei.

Ich nickte nur und schrieb erneut etwas auf.

»Sie sagten, dass Wenke unter Angst vor Männern litt. Wieso hatte sie dann einen Freund? Ich meine diesen Alex, den sie erwähnt.«

»Vor einigen Wochen erzählte sie mir, dass sie *den Richtigen* gefunden habe. Er behandle sie gut, fasse sie nicht an, ließe ihr jeden Freiraum und alle Zeit der Welt. Es war eine Beziehung ohne jegliche Berührungen.«

Ungläubig sah ich ihn an.

»Sie denken, dass es bei der männlichen Spezies nur um Sex geht, richtig? Ein Vorurteil, an dem gewiss etwas Wahres dran ist. Doch dafür müssen einige Faktoren erfüllt sein. Beispielsweise haben auch Sie einen ganz bestimmten Typ, den Sie bevorzugen. Allerdings gibt es auch Personen, die in keiner Weise Anziehung auf Sie ausüben, oder?«

Ich dachte an Klingenberg mit seiner selbstgefälligen Visage und verzog kurz das Gesicht.

»Aber warum war er dann mit ihr zusammen? Wenn er Wenke nicht anziehend fand?«

»Dass er sie nicht anziehend fand, habe ich nicht gesagt.« Verwirrt sah ich Dr. Leptin entgegen.

»Wir können von einem Menschen fasziniert sein, ohne sexuelles Verlangen für ihn zu hegen. Womöglich war es diese Art der Liebe, die er verspürte.«

»Verstehe. Klingt plausibel. Wissen Sie auch, wie der Junge hieß? In ihrem Brief nennt sie ihn Alex, aber leider keinen Nachnamen und ihre Eltern kennen ihn auch nicht.«

»Nein. Tut mir leid.«

»Gut. Ich denke, das war vorerst alles. Vielen Dank für Ihre Zeit Dr. Leptin.« Ich verstaute den Block, den Brief und meinen Stift wieder in der Tasche, stand auf und reichte ihm die Hand.

»Es war mir ein Vergnügen, Frau Küster.« Der Psychiater ergriff sie und legte seine linke Hand auf meinen Handrücken. Unbehagen breitete sich in mir aus, als er meine Hand einen Moment zu lange festhielt und mich mit seinem festen Blick ansah. Als er den Griff löste, stürmte ich ohne ein weiteres Wort aus dem Büro, seine Augen in meinem Rücken.

»Zum Teufel mit diesen Psychodocs!«, fluchte ich und stürmte auf den Flur. Mein Herz raste und ich zitterte am ganzen Körper. Als plötzlich alles vor mir zu verschwimmen begann, blinzelte ich immer öfter und versuchte den Schleier loszuwerden, doch es half nichts. Erschöpft lehnte ich den Rücken gegen die kalte Wand und bemühte mich ruhig zu atmen.

Einatmen. Ausatmen. Einatmen. Ausatmen. Etwas entfernt stand eine Frau, offensichtlich hochschwanger und fragte, ob es mir gut gehe. Ihre Worte hallten in einem Echo nach. Als ich nicht antwortete, kam sie zu mir ans andere Ende des Flures.

»Hallo? Geht es Ihnen gut? Sie sind total blass! Hallo? Hallo! Warten Sie hier! Ich hole Hilfe!« Sie sah sich kurz um und verschwand dann durch eine Tür.

»Nein. Nicht … Ich brauche das nicht … Will das nicht …«, hauchte ich, doch sie war längst außer Sicht.

KAPITEL 10

David sah der Kommissarin nach, die hastig aus dem Wartezimmer stürmte. Statt zurück in sein Büro zu gehen, trat er den Gang in das praxiseigene Bad an. Langsam, fast schon vorsichtig zog der Psychiater das durchsichtige Pflaster von der Innenfläche seiner linken Hand, wickelte es in Papiertücher und entsorgte es in der Toilette.

Während seine Hände gründlich in Seife gewaschen wurden, starrte er sein Spiegelbild an. In wenigen Augenblicken würde es soweit sein.

»Das war fast schon zu einfach«, sagte er leise und grinste verschmitzt ins Glas. Die stechenden Augen seines Spiegelbildes blitzten auf, als er Stimmen aus dem Flur vernahm. Eine Frau schien aufgeregt mit jemandem zu reden.

Früher als erwartet ging die Tür zu seiner Praxis auf, Getrampel durch den Warteraum.

»Hallo? Ist hier jemand?«, erklang eine panische Frauenstimme.

In aller Ruhe trocknete er seine Hände ab, richtete noch einmal die Krawatte, räusperte sich kurz und trat dann gespielt bestürzt aus dem Bad.

»Was ist denn los?«

»Eine Frau! Sie ist auf dem Flur! Kreidebleich und reagiert nicht! Wir brauchen Hilfe!«

»Schon gut. Zeigen Sie mir wo.«

Die Frau ging raschen Schrittes voran, wodurch ihr die Fratze des Mannes hinter ihr verborgen blieb.

Showtime.

KAPITEL 11

Einige Sekunden vergingen, in denen ich nur mit Mühe das Gleichgewicht halten konnte. In meinem Blickwinkel erschien wieder die Frau von eben, zusammen mit einer größeren Person.

»Frau Küster? Hören Sie mich? Verstehen Sie, was ich sage?« Ich spürte die warme Hand von Dr. Leptin auf meiner nassen Stirn. Anschließend tastete er kurz meinen Hals ab und legte seine Finger auf mein Handgelenk, um den Puls zu fühlen.

»Sie hat eine Panikattacke. Es war gut, dass Sie mich geholt haben. Haben Sie vielen Dank. Ich kümmere mich um sie.« Die Frau nickte nur. Der Arzt legte meinen Arm um seinen Hals und packte mich unter den Kniekehlen. Seitlich wurde ich die wenigen Meter zurück in seine Praxis getragen. Noch immer durch einen Schleier sehend, wanderte mein Blick quer durch das Wartezimmer und die Bilder entlang, ehe ich in seinem Büro auf die Couch gelegt wurde. Stoßweise und unregelmäßig ging mein Atem. Ich spürte, wie meine Beine angewinkelt und eine Decke über mich gelegt wurde.

»Versuchen Sie sich zu beruhigen. Es sollte gleich vorbei sein. Konzentrieren Sie sich auf den Klang meiner Stimme. Das Zittern und auch die Kälte werden bald vorüber sein. Das verspreche ich.«
Ich tat, was er von mir wollte. So gut es ging versuchte ich das Echo zu verdrängen und mich nur auf das Original zu konzentrieren. Doch seine tiefe, ruhige Stimme verschwamm in undeutlichem Gemurmel. Das war alles, was ich wahrnahm.
Es verging eine unbestimmte Zeit, in der ich einfach nur dalag. Die Wärme kam in meine Gliedmaßen zurück und ließ

mich wieder Gefühl in Armen und Beinen bekommen. Die Atmung normalisierte sich und auch das Echo verstummte. Ich atmete deutlich hörbar tief aus und öffnete die Augen.

»Geht es Ihnen besser, Frau Küster?«

Ich nickte nur. Er reichte mir bereits zum zweiten Mal an diesem Tage ein Glas mit Wasser, das ich dankbar an meine Lippen führte. Als die kühle Flüssigkeit die ausgetrocknete Haut benetzte und meine Kehle hinabfloss, war es, als würde ein Wasserfall einen Damm einreißen und ins Tal strömen. Glücklicherweise war mein Hals der trockene Fluss, der sehnsüchtig gewartet hatte, und nicht das nahe gelegene Dorf, das weggeschwemmt wurde.

»Danke«, sagte ich schwach und reichte ihm das Glas.

»Haben Sie oft Panikattacken?« Seine Stirn war in Falten gelegt, als er erneut meine Stirn anfasste.

»Früher ja.«

»Verstehe. Nun, eigentlich wollte ich Mittagessen. Aber ich möchte Sie ungern allein lassen. Wie wäre es mit einem gemeinsamen Essen?«, fragte er, nachdem er einen Blick auf die scheinbar teure Armbanduhr geworfen hatte.

»Ich muss wieder zurück an die Arbeit.« Mit einem Ruck warf ich die Decke zurück und richtete mich auf. Zu schnell für meinen Kopf. Der Schwindel überkam mich und ließ mich zurückkippen.

»Vorsicht!«

»Geht schon, danke. Ich gehe dann jetzt.« Beim zweiten Mal machte ich es langsam und setzte einen Fuß nach dem Anderen auf den Fußboden. Dr. Leptin nickte nur. Aus irgendeinem Grund hatte ich erwartet, dass er mich aufhalten würde, doch dem war nicht so.

»Dann lassen Sie mich Sie noch rausbegleiten.« Er bot mir seinen Arm an. Wie kitschig war das bitte? Wie in einem dämlichen Märchen. Mein Fuß wagte den ersten Schritt und sofort wusste ich, dass die ersten Schritte nicht ohne Hilfe gehen würden. Missmutig hakte ich mich ein.

Ohne ein Wort zu sagen, gingen wir zum Fahrstuhl und fuhren ins Erdgeschoss.

»Passen Sie auf sich auf, Frau Küster. Meine Nummer finden Sie im Internet. Für den Fall der Fälle.« Er nickte mir kurz zu und trat einen Schritt zurück.

»Danke. Bis dann«, sagte ich und sah unsicher in alle Richtungen. Bloß keinen Blickkontakt! Glücklicherweise fühlte ich mich schon sehr viel sicherer, ging dennoch langsam zum Parkhaus. Die ganze Situation war so absurd gewesen. Ich hatte seit zwanzig Jahren keine Panikattacken mehr! Zwanzig!

Im Parkhaus irrte ich minutenlang nach meinem Auto suchend umher, bis mir auffiel, dass es das falsche Parkdeck war. Womöglich lag es noch an dem Schock oder ich war einfach nur noch zu nervös. Zu allem Überfluss hatte sich ein Peugeot auch noch so unglücklich hinter meinen Wagen gestellt, dass es ewig dauerte, bis ich sicher und ohne Schäden ausgeparkt hatte.

Das Handy vibrierte und die Freisprechanlage zeigte die Nummer des Polizeireviers an.

»Küster?«, meldete ich mich, während mein Blick auf die Ampel gerichtet war.

»Frau Scholz hier. Auf dem Revier wartet eine gewisse Frau Launs. Sie ist von der Presse und hat einige Fragen. Was soll ich ihr sagen?«

Ich seufzte. Ein Paparazzo hatte mir gerade noch gefehlt.

»Dass ich gleich da bin. Sie soll auf dem Flur warten.«

Doris Scholz bestätigte und legte auf. Sie arbeitete schon ewig auf dem Revier, zumindest sagte man mir, dass sie quasi zum Inventar gehöre. Die Brille hing stets tief auf ihrem Nasenrücken und die braunen Augen sahen darüber hinweg, als wäre sie gar nicht da. Ihre dünnen braunen Haare waren immer streng zusammengebunden und bereits von grauen Strähnen durchzogen. Eine in die Jahre gekommene Frau, die, abgesehen von ihrem Arbeitsplatz, keine Gemeinsamkeiten mit uns Ermittlern hatte.

Wie bereits mitgeteilt, wartete Frau Launs auf dem Flur und starrte auf ihr Smartphone. In unsagbarem Tempo sprangen ihre Finger zwischen den Buchstaben umher, während sie eine Nachricht verfasste.

»Guten Tag. Küster mein Name. Sind Sie von der Presse?«, unterbrach ich sie und blieb wenige Meter vor ihr stehen.

»Ja, Fiona Launs.« Sie zeigte mir ihren Ausweis. Wortlos sperrte ich die Tür auf und bot ihr einen Stuhl an. Das platinblond gefärbte Haar ragte unter einer schwarzen Mütze hervor. Ansonsten trug sie ein dunkles Top und eine rot karierte Hose. Sehr flippig, wie ich fand. Und doch zu ausgefallen für eine normale Journalistin. Aber die Frau schien auch noch sehr jung. Vielleicht Anfang zwanzig? Sie würde Klingenberg sicherlich gefallen.

»Es geht um die drei Mädchenleichen, die Sie gefunden haben.«

»Was wissen Sie darüber und von wem?«

»Die Pressesprecherin hat einige grobe Informationen rausgegeben, aber das ist natürlich bei Weitem nicht genug.«

»Und wie kommen Sie darauf, dass ich Details verrate?«

Die junge Frau legte ihr Smartphone beiseite und sah mich mit ihren grüngrauen Augen an.

»Es ist kein Geheimnis, wer die Mädchen sind und wieso sie umgebracht wurden. Ebenso ist das Muster bekannt.«

»Umgebracht?«

Sie schlug die Beine übereinander und lehnte sich zurück.

»Ich bitte Sie. Das ist doch mehr als offensichtlich! So viele Zufälle kann es doch gar nicht geben!«

Ich hielt mich bedeckt und antwortete nicht.

»Sehen Sie, Frau Küster, ich weiß bereits alles, was für einen guten Artikel notwendig ist. Aber ohne eine nennenswerte Quelle lässt mein Chef es nicht drucken!«

»Ich kann Ihnen leider nicht helfen.«

»Ach kommen Sie schon! Tun Sie mal nicht so wichtig!« Die junge Frau beugte sich genervt nach vorne und schlug mit den Handflächen auf den Tisch.

»Ein. Einziges. Detail«, zischte sie und funkelte mich an. Emotionslos sah ich der Journalistin direkt in die Augen. Glaubte diese Göre wirklich, dass mich so eine Nummer beeindruckte? Just in diesem Moment klopfte es an der Tür. Ich konnte das Duschgel riechen, ehe Markus im Raum war. Er grüßte die aufbrausende Reporterin flüchtig und kam zu mir. Sein Kopf befand sich direkt neben meinem.

»Leni, da gibt es etwas, was du dir ansehen solltest.« In seiner Stimme lag ein nervöser Unterton.

»Entschuldigen Sie mich bitte. Frau Scholz wird Sie hinausbegleiten«, sagte ich an Frau Launs gerichtet und stand auf.

»Aber wir sind noch nicht fertig!«, protestierte sie und sah mich mit weit aufgerissenen Augen an.

»Ich schon.«

KAPITEL 12

»Also, was hast du gefunden?« Ich lehnte mich auf Markus'
Drehstuhl und sah ihm über die Schulter.

»Schau mal. Der Typ!« Ich kannte die Seite, auf der mein
Kollege sich befand. Reach-Me. Auch Mala nutzte sie. Man
erstellte ein Profil und konnte mit Leuten aus der ganzen
Welt kommunizieren. Der Junge auf dem Profilbild des
Netzwerkes trug eine Spiegelsonnenbrille, kurze dunkle
Haare, eine Lederjacke und grinste breit in die Kamera.

»Alex Dorstheim«, las ich den Namen und dachte nach.

»Klingelt's? Alex! Der Alex aus dem Brief von Wenke! Er
ist der einzige mit dem Vornamen unter ihren Freunden!«,
sagte Markus und klärte mich weiter auf.

»*Ich werde Buße tun und dann wird alles wieder gut. Alex hat das
auch gesagt.* Das waren Wenkes Zeilen. Mensch, Leni! Streng
dein Köpfchen an!« Erwartungsvoll sah er mich an. Die Aufregung brachte seine Augen zum Leuchten.

»Moment! Es muss nicht *der* Alex sein. Nicht jeder nutzt
das soziale Netzwerk.«

»Aber er *könnte* es sein. Und wieso sollten wir diesen Schuss
ins Blaue nicht wagen?«

»Wollen wir nicht noch abwarten? Klingenberg und ich waren doch heute an ihrer Schule und haben die Schülerkartei
angefordert. Wenn er darunter ist, fällt er doch sicherlich auf.
Sieht ja eher aus wie ein Männermodel, als ein stinknormaler
Schüler.«

»Den Abgleich kannst du ja immer noch erledigen, wenn
die Daten endlich hier sind. Ich tätige jetzt ein paar Anrufe.
Vielleicht finde ich was raus.« Markus sprang von seinem
Stuhl auf, drückte mir kurz die Schulter und stürmte los.
Erschöpft ließ ich mich auf seinen Stuhl sinken. Wie wahr-

scheinlich war es, dass wir *den* Alex gefunden hatten? Hieß er überhaupt Alex? Ich sprang über den Desktop des Computers in unser Verzeichnis der verschiedenen Fälle. SK2018M hieß der Ordner, in welchem wir alle Dokumente dieser Mordreihe abspeicherten. Mord. War es wirklich Mord? Mein Bauchgefühl sagte ja. Fiona Launs hatte diese Vermutung ebenfalls.

Ich öffnete Wenkes eingescannten Brief und las ihn erneut. Alex. Sie hatte einen Freund, von dem die Eltern nichts wussten. Genauso wie Sophia. Das Schriftstück von ihr enthielt jedoch keine Namen.

Gedankenverloren ging ich zurück in das soziale Netzwerk und suchte nach Sophia Wilken. Das Profil zeigte das Mädchen am Strand, unmittelbar vor dem in Orange getauchten Meer. Sie posierte fröhlich, wobei ein Arm gen Himmel gestreckt war und der Andere einen Sonnenhut hielt.

»Einst so fröhlich und nun so tot«, ertönte eine Stimme neben mir. Ich hatte ihn gar nicht bemerkt.

»Äußerst feinfühlig Klingenberg«, keifte ich meinen Kollegen an und warf ihm einen bösen Blick zu.

»Was machen Sie da? Einen neuen Mann suchen? Oder stehen Sie auf Frauen?«

»Ich habe Kinder!«

»Na und? Es gibt genug Scheinehen, aus denen Kinder hervorkamen.« Er zuckte mit den Achseln und verzog das Gesicht zu einer künstlich verwunderten Fratze.

»Wir haben einen Hinweis auf diesen Alex aus Wenke Rauschs Brief.«

»Wirklich? Welchen?« Ich sprang zurück auf das Profil des Opfers und rief die Freundesliste auf. Das Profil von Alex Dorstheim wurde geöffnet.

»Da. Bitte schön.« Ich präsentierte ihm unseren Fund mit einer Geste, wie man sie von einem Zirkusdirektor bei der

Ankündigung seiner größten Attraktion kannte. Klingenberg starrte auf das Profil. Für den Bruchteil einer Sekunde glaubte ich sein Auge zucken zu sehen.

»Klingenberg?« Dass er weder einen Spruch, geschweige denn überhaupt irgendein Wort herausbrachte, verwunderte mich zutiefst.

»Was machen wir mit ihm?«, fragte er in einem ungewohnt ruhigen Ton. Sein Gesicht war ernst wie nie und die Augen fixierten den Bildschirm vor uns. Funkelten ihm wütend entgegen. Oder besser gesagt Alex Dorstheim.

»Erst einmal müssen wir herausfinden, wo er ist. Dann verhören wir ihn. Er könnte ein wichtiger Zeuge sein.«
Klingenberg nickte stumm.

»Ist alles in Ordnung?« Besorgt sah ich ihn an. In just diesem Moment vibrierte sein Handy. Sofort zog er es aus der Hosentasche der enggeschnittenen, dunklen Jeans und tippte wie wild auf dem Gerät herum.

»Finden Sie ihn einfach«, sagte er, ohne von dem Display des Smartphones aufzusehen und entfernte sich mit großen Schritten.
Nach wie vor verwirrt sah ich Klingenberg nach. Was hatte er auf einmal?

KAPITEL 13

>Du bist echt hübsch. Ich liebe dein Lächeln. < Er stellte sich vor, wie das Mädchen bei diesen Worten errötete und spürte ein Kribbeln in der Magengegend.

>Wow! Wie süß von dir! Danke! <

Er jaulte vor Freude auf, es war alles so einfach!

>Wäre es ok, wenn du mir noch ein Bild von dir schickst? Einfach als Beweis, dass du echt bist. <

Der Mann grinste, als sie einwilligte. Streng genommen konnte er den Chatverlauf der anderen Unterhaltungen einfach kopieren und einfügen. Sie tickten alle gleich. Erst später würde er vorsichtig sein müssen. Wenn es um das Spiel ging. Sein Handy gab wieder einen schrillen Ton von sich.

Romina hatte ihm geschrieben. Oder besser gesagt, sie hatte ein Foto geschickt. Für ihre sechszehn Jahre hatte sie erstaunlich große Brüste. Die Nippel standen steif in seine Richtung, während sie den freigelegten Schambereich leicht mit der Hand verdeckte.

>Du bist einfach perfekt! Ich liebe deinen Körper! <, tippte er und biss sich auf die Unterlippe.

>Wirklich? Ich mag meinen Körper nicht... Wäre schon toll, wenn es ein paar Kilo weniger wären. <

Sehr schön! Mach nur weiter so! Beginnen wir mit Runde drei:

>Hm, das klingt so, als hättest du einiges, was dich stört. In deinem Leben allgemein oder nur an deinem Körper? <

>Ach weiß auch nicht. <

Und ob du das weißt! Du bist verdorben! Dein Leben ist ein einziger Trümmerhaufen! Ich werde es dir beweisen!

>Ich hab' da einen Vorschlag. Das klingt zwar total doof, aber vertrau mir. Ich hatte früher auch viele Probleme und war unzufrieden. Und weißt du, was mir da geholfen hat? Aber lach nicht! Ich habe einen Brief geschrieben. Einen Brief an niemanden, in welchem ich mich richtig ausgekotzt habe.<

>Ok. Das hat dir geholfen? Klingt irgendwie komisch. <

Er leistete die übliche Überzeugungsarbeit, bis Romina schließlich einwilligte alles aufzuschreiben.

Pling!

Finja verlangte wieder nach seiner Aufmerksamkeit. Sie hatte das Selfie geschickt. Runde eins war damit abgehakt.

>Bekomme ich auch eins von dir? < Natürlich bekam sie, was sie wollte. Der junge Mann schickte das gleiche Bild wie immer. Den Jungen mit der Sonnenbrille und dem Zahnarztlächeln.

>Neue Nachricht von Verena! <, teilte ihm das Smartphone mit.

Verena. Es würde nicht mehr lange dauern, bis das große Finale bevorstand. Sie hatte alle Runden absolviert und musste nur noch den entscheidenden Schritt wagen. Den Schritt in die Dunkelheit, denn Licht würde es für sie am Ende des Tunnels nicht geben.

>Ich weiß, wir kennen uns noch nicht besonders gut. Aber ich würde dich gern mal treffen. Einfach zusammen abhängen und quatschen. Was denkst du? < Sein Körper bebte innerlich. Er starrte auf das Handy und feixte, als ihre Antwort einging.

>Klar, warum nicht. < Sie verabredeten Zeit und Ort innerhalb der nächsten zwei Minuten. Ohne Umschweife öffnete er einen anderen Chat. Er musste Gabriel informieren.

>Finale. Dienstag, 17 Uhr am Kröpeliner Tor.< Er starrte auf das Display. Eine Antwort würde vermutlich auf sich warten lassen, doch für ihn war es beschlossen. Ein weiterer Engel würde die Reise in die Hölle antreten.

Romina und Finja hatten sich wieder gemeldet. Die Mädchen würden ihm noch viele Nachrichten schreiben, doch der Reiz war gering und so ließ er sie zappeln. Zwar juckte es ihn jedes Mal in den Fingern, wenn es eine Runde weiterging, doch musste er die Abstände einhalten. Er hasste es zu warten, doch diese Notwendigkeit war der Preis für sein Spiel. Da Verena kurz vor dem Game over stand, benötigte er eine neue Spielerin. Die Suche auf Reach-Me ging also weiter.

»Alle meine Lämmchen zu mir«, säuselte der Mann und begann zu summen. Plötzlich stockte er. Sein Finger verharrte über dem Bild und wagte es nicht weiter zu scrollen. Sie war es. Sie würde ihm die Befriedigung bringen, die er brauchte. Er legte den Kopf ein wenig zurück, atmete tief ein, öffnete das Profil und klickte auf das kleine Kästchen. Anschließend vergrub er vor Erregung die Hände in den Haaren und raufte sie, während das Blut in sein Glied schoss. Ohne eine weitere Sekunde zu verschwenden, sprang er auf. Er musste duschen. Das kleine Kästchen auf dem Bildschirm blieb unverändert stehen:

>Du hast eine Freundschaftsanfrage an Mala Küster gesendet. Viel Glück!<

KAPITEL 14

Markus und ich studierten das Profil von Alex Dorstheim. Viele Informationen gab es dort leider nicht. Der Name, ein Bild, dass er Single war und seine Hobbys.

»Ich hoffe, sie rufen bald zurück.« Markus starrte nervös auf das Handy, welches auf dem Tisch lag. Seine Anrufe gingen an unterschiedliche Kollegen und Dienststellen. Ein so extrovertierter Mensch wie er kannte viele Leute und schloss schnell Freundschaften.

»Arbeiten die überhaupt noch?«, fragte ich, nach einem knappen Blick auf die Uhr. Es war kurz vor sechs.

»Er sagte, er ruft heute noch zurück. Also hoffentlich!« Der schrille Klingelton läutete das Ende des Wartens ein.

»Ja? Jan? Hast du was herausgefunden? ... Ja. ... Aha ... Was?! ... Ist das dein Ernst? ... Verstehe. Danke.« Enttäuscht legte Markus auf.

»Es gibt keinen Alex Dorstheim in der Kartei. Weder hier im Melderegister noch woanders in Deutschland.«

»Also ist es nicht sein richtiger Name. Das macht ihn doch umso suspekter«, sagte ich und kniff die Augen zusammen. Mein Kollege stimmte mir zu.

»Meinst du, dass wenigstens der Vorname stimmt?«

»Hm. Warum hätte das Mädchen ihn in einem privaten Brief mit einem falschen Namen nennen sollen?«

»Um ihn zu schützen?« Ich zuckte mit den Achseln. Markus sah mich fragend an.

»Na ja, manchmal haben Teenager vor ihren Eltern Geheimnisse. Und wenn die Eltern nichts über den Freund wussten, liegt es doch sehr nahe, oder?«

»Sprichst wohl aus Erfahrung.«

»Wenn du wüsstest. Ich weiß ja nicht einmal, wo sich meine

Tochter aufhält, geschweige denn mit wem. Lediglich einen Namen kenne ich. Aber ansonsten ist sie fast schon eine Fremde für mich. Was ist nur aus dem kleinen Mädchen geworden, dass mit mir über alles reden wollte?« Ich seufzte. Wahrscheinlich war auch das genau der Punkt, an welchem die Eltern der drei Mädchen gestanden hatten.

Die Antwort wussten wir natürlich alle: Sie wurden erwachsen. Doch warum schlossen unsere Kinder uns dermaßen aus? Uns? Die immer für sie da waren und zu ihnen standen? Ich schüttelte die düsteren Gedanken ab, ehe ich vollkommen depressiv wurde, und straffte die Schultern. Der Fall. Ich musste mich auf ihn konzentrieren und dafür sorgen, dass das alles ein Ende haben würde.

»Was machen wir jetzt? IP Adresse? Provider?«, fragte ich und rieb mir die Augen. Die viele Bildschirmarbeit bekam mir nicht.

»Was hältst du von einem Drink?«, schlug Markus vor und lächelte verschmitzt. Erstaunt hob ich die Brauen.

»Bei mir ist die Luft für heute raus und du scheinst auch mal eine Pause zu brauchen.«

Unentschlossen sah ich zwischen meinem Kollegen und der Uhr hin und her.

»Nur einen. Komm schon! Ich brauche das jetzt!« Er hielt die Hände flehend vor die Brust.

»Na gut. Ich rufe Carmen an und frage, ob sie noch länger auf Mia aufpassen kann.« Er jubelte, trommelte kurz mit den Fingern auf den Tisch und fuhr den Computer runter.

KAPITEL 15

»Ja, kleine Mala. Lass alles raus. Erzähle mir ALLES! Ich weiß, was du brauchst und helfe dir es zu bekommen. Aber jetzt schick mir doch endlich das dämliche Foto! Komm schon! Halte dich an die Regeln! Ein Foto, nur eins! Du hast diese verdammte Nachricht gelesen! Du bist online!«, fluchte er und verkrampfte.

Wieso sträubte sie sich so? Sollte er eine Ausnahme machen und einen Schritt überspringen? Nervös tippte er eine SMS.

»Was mache ich mit einem sturen Lamm?« Es war bereits spät, doch er wusste, dass sein Gesprächspartner wenig schlief. Und so ließ die Antwort nicht lange auf sich warten.

»Es wird gefügig werden. Hab Geduld. Übe dich darin!« Wütend ließ er das Smartphone aus der Hand rutschen und trat mit dem nackten Fuß drauf. Geduld. Er besaß alles, außer das! Man sehe diesen Körper! Makellos! Er war das wilde Tier, dem kein Jäger widerstehen konnte. Wer so begehrt war, bekam immer, was er wollte. Seine Füße trugen ihn zum Spiegel. Die Gestalt im kühlen Glas funkelte ihn wütend an. Sie war hungrig.

»*Tu es*«Ohne ein weiteres Wort trat er das Handy beiseite und verließ die Wohnung. Er startete den Motor seines Autos und fuhr los.

Nur wenige Minuten entfernt, in der Nähe der Haltestelle Lütten Klein Zentrum, sah er sie schon auf Kundschaft lauern. Der Mann fuhr langsamer heran, kurbelte das Fenster runter und hielt der vollbusigen Brünetten ein Bündel mit Geldscheinen entgegen. Sie machte eine freudige Bemerkung, bedankte sich und stieg dann auf den Beifahrersitz. Er lenkte den Wagen aus der Ortschaft auf eine Landstraße und hielt am Straßenrand.

»So Süßer. Was willst du denn? Worauf stehst du so?

Für die Kohle mach ich alles, was du willst.« Sie zwinkerte ihm zu, während sie das Geld zählte. Ihr Aussehen entsprach nicht seinem Geschmack, nicht seinem Beuteschema. Zu viel Rot auf ihren Lippen, zu dunkler Lidschatten, zu viel Rouge, zu künstlich. Aber er brauchte das jetzt.

»Schön.« Er beugte sich langsam zu ihr rüber, wobei sein Blick auf ihren Lippen lag. Mit einem breiten Grinsen und freudigen Lauten schürzte die Frau die Lippen. Als sie nur noch wenige Zentimeter voneinander entfernt waren, weiteten sich die Pupillen des Mannes so weit, dass sie fast sämtliche Farbe verschlangen. Blitzschnell legten sich die schmalen Finger um den Hals der Begleiterin. Die Adern an seinen Armen und der Schläfe traten hervor, als er das Leben aus ihr quetschte. Die Frau schlug wie wild um sich und traf ihn knapp unterm Auge. Er wandte das gerötete Gesicht kurz ab, schnaufte und funkelte sie dann wütend an. Der Zorn überkam ihn und er drückte noch stärker zu. Nach Luft japsend trat sein Opfer immer wieder gegen das Armaturenbrett, doch er hatte sie voll im Griff. Erst als sein Opfer aufhörte zu zappeln, ließ er ab und lehnte sich im Sitz zurück. Er starrte auf den noch warmen Körper der Prostituierten. Die Zunge benetzte seine Unterlippe, ehe er lustvoll hineinbiss. Sein eigenes Blut rann aus der aufgeplatzten Haut das Kinn hinunter. Er zog die dünnen Lederhandschuhe aus und fuhr mit seiner Hand über die geschwollene Wange. Der Schmerz holte den Frust erneut ans Tageslicht. Sein schönes Gesicht! Dann zückte er das Messer, das sein Großvater ihm damals geschenkt hatte. Er war ein Verfechter der Jagd und bestand darauf, dass erlegte Beute geehrt werden musste. Die Erfahrungen hatten seinen Geist gestärkt und auf Momente wie diese vorbereitet. Ja, er war häufig das Objekt der Begierde von Frauen, doch manchmal war er es, der jagte.

KAPITEL 16

Wir saßen in einer kleinen Bar in der Nähe des Doberaner Platzes. Für einen frühen Abend waren bereits erstaunlich viele Leute vor Ort. Vorwiegend Pärchen, wie ich ausmachen konnte, doch für Außenstehende wirkten Markus und ich wahrscheinlich ebenfalls wie eines von ihnen.

Mein Handy vibrierte. Ich zog es aus der Jackentasche und warf einen Blick auf das Display. Die Nummer war mir nicht bekannt und auch sonst hatte ich keine Idee, wer mir eine solche Nachricht schicken würde. Ich beschloss, mich später damit zu befassen, schaltete das Gerät gänzlich aus und verstaute es wieder.

»Entschuldige bitte. Hab's ausgemacht.«

»Na dann. Auf … ähm … im Moment gibt es nichts, worauf man anstoßen könnte …« Er schien etwas bedrückt und drehte das kleine Glas mit Wodka in den Fingern.

»Dann auf die Gesundheit!« Ich zwinkerte ihm zu und wir kippten die kleinen Mengen klare Flüssigkeit den Rachen hinunter. Aus einem Drink wurden acht oder neun und die Welt wirkte auf einmal so viel schöner.

»Weißu, eigenlich fine ich das richtich geil, dass du jetzt au hier bis!«, lallte Markus und kniff die Augen zusammen, um mich überhaupt erkennen zu können. Ich lachte nur.

»Aber geil was du schon immer. Hasu ein Freun?«

»Neeeee. Mich will a keiner.« Ich winkte ab und trank noch ein Glas von dem Teufelstrunk.

»Ich wüd dich nehm.«

»Das sags du nu so!«

»Ne! Pass auf!« Markus küsste mich, kippte dabei jedoch vom Barhocker und landete unsanft auf dem Boden. Ich konnte nicht anders, als in schallendes Gelächter auszubrechen. Mein Bauch schmerzte bereits vor Anstrengung, während Markus wie eine Schildkröte auf dem Boden umher hampelte.

»So Kumpel, ich glaube, für heute reicht es«, sagte ein großgewachsener, breiter Mann mit Schnauzbart. Er war eindeutig so was wie der Türsteher der Bar.

»Schon gut. I bin von de Polihei!« Markus kramte in seiner Gesäßtasche, fand jedoch nichts. Ich atmete tief aus, riss mich zusammen und sagte: »Wir gehen.«

Markus tänzelte neben mir her, während ich nach einem Taxi Ausschau hielt. Wieso gab es so wenige davon in Rostock? Ich rief die Zentrale an und bestellte zwei.

Markus hatte sich auf den Bordstein gesetzt und starrte vor sich auf den Boden.

»Ham ich dich geküsst?«

»Joa.«

»Sorry.« Er legte einen Arm um meine Schulter. Einige Minuten saßen wir schweigend da. Während Markus sich anstrenge, den Inhalt seines Magens zu behalten, döste ich vor mich hin. Das erste Taxi fuhr vor und ich setzte Markus hinein, gab dem Fahrer die geschätzte Summe und schlug die Tür zu. Ich sah dem Auto nach und dachte daran, wie verkatert Markus am nächsten Tag sein würde. Laute Stimmen ertönten etwas weiter rechts von mir und ich sah, wie zwei Männer aus einer anderen Gastronomie gekommen waren. Ein Typ mit Basecap holte aus und schlug dem anderen mitten ins Gesicht. Er torkelte rückwärts, hielt sich jedoch auf den Beinen. Statt einzugreifen, beobachtete ich das Spektakel. Was konnte ich schon machen, betrunken wie ich war? Zu meinem Erstaunen revanchierte der Getroffene sich nicht, sondern bewegte sich auf mich zu. Als er dichter kam, riss ich die Augen auf.

»Klingenberg?!« Er sah zu mir auf und grinste breit.

»Was machen Sie hier? Uh, was riecht hier so? Moment,

haben Sie getrunken?«

»Bisschn. Un Sie? Geht's Ihnen gut?« Ich gab mir größte Mühe, nicht zu sehr zu lallen.

»Haben Sie das eben etwa gesehen? Peinlich, peinlich«, er deutete mit dem Daumen hinter sich. Ich nickte nur.

»Tja. Das schöne Mädchen konnte meinem Charme nicht widerstehen, ihr Freund schon.« Er lachte und rieb sich verlegen den Hinterkopf. Während ich nichts zu sagen wusste, fuhr ein Taxi vor. Mein Taxi.

»Küster? Sind Sie das?«, fragte der unrasierte Mann mit Brille, der das Fenster runtergekurbelt hatte und uns ansah.

»Woll'n Sie mit?« Ich deutete auf den Wagen und sah meinen Kollegen erwartungsvoll an.

»Schon gut. Mein Wagen steht dort hinten. Bis morgen!« Er hob die Hand zum Abschied und verschwand. Mein Blick folgte ihm, während ich in das Auto stieg und dem Fahrer meine Adresse mitteilte. Irgendetwas war anders an Klingenberg gewesen, aber was?

Daheim schliefen bereits alle. Natürlich, es war kurz nach elf und am kommenden Tag war Schule.

Ich stolperte lautstark durch die Wohnung in die Küche und füllte ein Glas mit Leitungswasser. Während meine Hand die Theke umklammerte, wanderten meine Augen durch die finstere Wohnung. Es war totenstill. Ich zwang mich auszutrinken und ging ins Wohnzimmer, das als Durchgangszimmer fungierte. Gerade, als ich den Flur betreten wollte, wurde ich von hinten beleuchtet. Mit zugekniffenen Augen wandte ich mich um und suchte die Lichtquelle. Auf dem Couchtisch stand Malas Laptop aufgeklappt und erhellte die Wand. Ich setzte mich vor ihn und starrte auf den Bildschirm. Angestrengt versuchte ich zu lesen, was dort geschrieben stand, doch der Alkohol trieb seine Scherze mit mir. Ich schüttelte den Kopf und versuchte klare Gedanken zu fassen. So gut es ging fixierte ich den Chat. Es war ein Gespräch zwischen ihr und einem Typen. Darin zog sie vor allem über mich her und dass ich nie da war. Sie erwähnte auch Mia und dass meine kleine Tochter irgendwann vergessen würde, wie ich aussah. Die Tränen stiegen mir in die Augen. Eine Rabenmutter. Etwas anderes war ich nicht. Genauso musste Jonathan auch denken. So hieß der Junge, der ihr soeben geantwortet hatte. Normalerweise hätte ich sein Profil ausspioniert, doch die Augen fielen mir fast zu. Es war Zeit fürs Bett und genau dorthin trugen meine Füße mich auch.

KAPITEL 17

»Ja doch! Verdammt, wer kann das um diese Uhrzeit sein?«
Es war vier Uhr morgens, ich würde frühestens in zwei Stunden aufstehen. Wütend und mit Kopfschmerzen, als säße ein Elefant auf meiner Stirn, öffnete ich die Tür und wollte gerade Dampf ablassen, da erblickte ich Heikos kreidebleiches Gesicht.

»Was ist passiert?«, fragte ich und bat Carmens Mann herein. Er tat keinen Schritt.

»Carmen ist ...«

»Was ist mit ihr? Geht es ihr gut? Braucht sie Hilfe?«

»Sie ist tot«, flüsterte er und starrte apathisch zu Boden.
Die Worte überkamen meinen Körper, wie ein nicht vorhergeahnter Tsunami ein kleines Dorf. Alles wurde mitgerissen, tausend Gedanken durch meinen Kopf gewirbelt. Ich griff nach der Wand, um den Halt nicht zu verlieren. Für einen Moment schien die Welt sich nicht mehr zu drehen. Ich sah Heikos leere Augen auf den Fußboden starren, wie sein Brustkorb sich in Zeitlupe hob und senkte, die Tränen in die Augen stiegen.

»Was ist geschehen? Ich meine ... Entschuldige bitte. Ich wollte nicht ... Mein aufrichtiges Beileid.« Ich nahm ihn vorsichtig in die Arme.

»Deine Schuld ...«, murmelte er. Ich runzelte die Stirn und löste die Umarmung wieder.

»Was?«

»Du bist schuld!« Plötzlich ging alles ganz schnell. Heiko hob die Hände und legte sie um meinen Hals. Er drückte zu, während ich rückwärts taumelte. Ich versuchte mich aus seinem Griff zu lösen, doch ich war zu schwach und der Alkohol steckte mir noch in den Knochen. Ich spürte, wie mir langsam aber sicher die Luft wegblieb und sich ein gewaltiger

Druck in meinem Kopf aufbaute. Während mein Sichtfeld immer wieder verschwamm und ich spürte, dass mein Bewusstsein bald schwinden würde, hatte ich nur einen Gedanken: Lass Mia und Mala das nicht sehen!

Die Beine brachen unter mir weg und ich sank zu Boden. Gerade als meine Augen schon hinter den Lidern verschwanden, ertönte ein dumpfes Geräusch. Der Griff um meinen Hals lockerte sich und die Luft strömte wieder in meinen erschlafften Körper. Ich kniff die Augen zusammen, um sehen zu können, was geschehen war. Doch es war noch alles zu verschwommen. Mit geschlossenen Augen holte ich tief Luft, sammelte mich und startete einen erneuten Versuch. Ich glaubte erkennen zu können, dass Heiko vor mir am Boden lag. Hinter ihm schien jemand zu stehen.

»Alles in Ordnung?«, fragte die mir bekannte Stimme und streckte mir die Hand entgegen. Schwer atmend und zitternd fasste ich nach meinem geröteten Hals. Er glühte fast. Dann sah ich den Kollegen Klingenberg an.

»Ja, dank Ihnen. Aber was machen Sie hier?« Ich griff zu und ließ mir auf die Beine helfen.

»Wir wurden angerufen, weil es hier eine Tote geben soll. Als ich unten ankam, hörte ich Geräusche aus dem Flur und bin hier gelandet. Lustig, dass ich ausgerechnet auf Sie treffe. Was wollte der Mann von Ihnen?« Der blonde Schönling deutete auf Heikos bewusstlosen Körper.

»Sie wurden wegen *irgendeiner* Toten gerufen? Ist das nicht ein wenig übertrieben? Sie sind doch der Sondereinheit zugeteilt, so wie ich!«

»Und genau deshalb bin ich hier.«

»Soll das etwa heißen …« Ich drängte mich an Klingenberg vorbei und stürmte zum Wohnzimmerfenster. Rasch streckte ich meinen Kopf nach draußen und sah nach unten. Nichts. Ein erleichterter Seufzer entwich mir.

»Puh, ich dachte schon …«

»Andere Seite«, sagte er nur trocken und deutete hinter sich in mein Schlafzimmer. Ich ging hinüber, warf einen Blick hinaus und sog scharf die Luft ein. Tränen stiegen mir in die Augen.

»Oh Carmen …«

»Tut mir leid. Sie war Ihre Nachbarin?« Ich nickte nur.

»Und was wollte der da von Ihnen?« Er nickte nur in Heikos Richtung.

»Ich weiß nicht. Aber kurz bevor er mich würgte, sagte er, dass ich schuld sei.«

»Woran?«

»Das da unten … das ist Carmen, seine Frau.«

»Und warum sind Sie an dem Tod schuld?«

»Ich verstehe es ehrlich gesagt auch nicht so ganz.« Er nickte nur. Ein Schauer fuhr mir über den Rücken, als ich erneut nach unten spähte.

»Ziehen Sie sich etwas an. Wir haben Arbeit.« Mit diesen Worten wandte er sich ab und ging in Richtung Haustür.

KAPITEL 18

Carmen lag in einer Lache aus frischem Blut, das Gesicht zur Seite gedreht. Sie erinnerte eher an eine weiße Puppe, als an einen Menschen, der vor Kurzem noch am Leben war. Die sonst so weichen Gesichtszüge und das herzerwärmende Lächeln waren verschwunden. Niemals hätte ich daran gedacht, dass ich diese Frau je in einem derartigen Zustand sehen würde.

»Carmen Oldorp, 54, nicht berufstätig. Sie lebte gemeinsam mit ihrem Mann Heiko Oldorp in diesem Haus. Keine lebenden Verwandten, keine Kinder«, fasste eine junge Frau zusammen. Ich kannte sie bereits von anderen Tatorten, doch der Name war mir entfallen. Ich zog die Stirn in Falten und rang um Fassung, während ich die Frage stellte, die mir zuerst in den Sinn gekommen war.

»Warum soll sie unseren Fall betreffen?«
Tränen standen mir in den Augen, gehörten jedoch nicht in diese Situation.

»Suizid, Sprung vom Dach. Passt doch alles.« Klingenberg zuckte verständnislos mit den Achseln, die Hände in den Hosentaschen vergraben. Da war sie wieder. Diese Gleichgültigkeit, die ich so hasste.

»Es passt eben nicht!« Wütend richtete ich mich auf und starrte meinen Kollegen an. Er verzog nicht einmal das Gesicht.

»Die anderen waren jung! Alles Teenager! Sie hatten Probleme ...«

»Und diese Frau nicht?« Er zeigte auf die Leiche vor mir. Ich wollte instinktiv widersprechen, doch mein Kopf rief mich zur Besinnung. Was wusste ich denn schon von Carmen? Dass sie auf meine Kinder aufpasste, nicht mehr arbeiten konnte und einen Mann hatte. Aber sonst?

Der blonde Schönling hockte sich neben den leblosen Körper und betrachtete ihn genauer.

»Können Sie das hier bitte fotografieren?« Er deutete auf etwas in Carmens Hand. Aus meinem Winkel erkannte ich nicht, was es war, doch wäre ich noch dichter herangetreten, hätte ich vermutlich hemmungslos geweint. Nachdem einer der Kollegen von der Spurensicherung seine Arbeit getan hatte, streifte Klingenberg einen Gummihandschuh über und nahm den Gegenstand an sich. Er faltete den geknüllten Zettel auseinander und studierte ihn. Meiner Meinung nach zu lange. Die Neugierde packte mich.

»Was ist das? Was steht da?« Ich mühte mich, einen Schritt in seine Richtung zu gehen, doch mein Kopf sträubte sich Carmens Leiche zu nahe zu treten.

»Hm … Ich bin mir nicht ganz sicher.«

»Jetzt zeigen Sie schon!« All meine Gedanken und Zweifel beiseiteschiebend, wagte ich einen Schritt nach vorn und riss ihm den Zettel aus der Hand.

»Hey! Sie zerstören Beweismaterial!«, schrie der Typ von der Spurensicherung, doch ich ignorierte ihn. Auf dem Zettel standen nur zwei Wörter. Von Hand geschrieben, groß und deutlich.

>Siehst du?! <

KAPITEL 19

Als ich Stunden später das Büro betrat und den Flur entlang-
ging, erschien mir alles grau in grau. Als hätte man mit einem
Staubsauger sämtliche Farbe aus dem Leben gerissen. So
musste es wohl depressiven Menschen gehen, die keine
Freunde mehr an irgendetwas hatten. Alles wirkte sinnlos.

»Leni!« Markus kam auf mich zu und nahm mich in den
Arm.

»Ich habe davon gehört. Es tut mir leid. Ihr standet euch
nahe, oder?« Ich antwortete nicht. Mein Blick war stur geradeaus gerichtet, direkt auf Dr. Leptin, der aus Markus' Büro
kam. Als er mich erblickte, richtete er sich auf und nickte mir
zu. Markus ließ mich wieder los. Er folgte meinem Blick und
begann sich zu erklären.

»Dr. Leptin kennst du ja bereits. Er kam her, um dir weitere
Informationen zu Wenke Rausch mitzuteilen, doch du warst
nicht da. Deswegen habe ich mit ihm gesprochen.«
Ich nickte stumm. Der Arzt trat dichter, sodass er direkt neben uns stand. Erst jetzt fiel mir auf, dass er ziemlich groß,
um genau zu sein, einen halben Kopf größer als Markus war.

»Können wir kurz reden?« Ich sah Markus direkt in die Augen. Hinter einer Wasserwand verschwamm er vor mir. Mein
Kollege sah zwischen dem Arzt und mir hin und her.

»Nur zu, ich wollte ohnehin gerade gehen. Vielen Dank für
die Zeit Kommissar Caspari. Frau Küster.« Dr. Leptin lächelte mir kurz zu, nachdem er Markus die Hand geschüttelt
hatte. Wie schon bei der ersten Begegnung schritt er kerzengerade, fast schon steif und mit herausgestreckter Brust an
uns vorbei und von dannen.

»Komm, Leni.« Markus legte mir eine Hand auf den Rücken und schob mich in sein Büro. Erschöpft nahm ich Platz

und wartete, bis er ebenfalls saß.

»Ich glaube, es ist meine Schuld, dass Carmen tot ist.«

»Leni ... Das ist doch Quatsch. Du hast ...«
Noch bevor er ausreden konnte, zückte ich mein Smartphone und zeigte ihm die SMS der fremden Nummer.

»Die habe ich erhalten, als wir beide in der Bar saßen. Und nun ... Ich dachte, dass es nur ein Streich von irgendwem war. Aber da habe ich mich vermutlich getäuscht.«
Markus starrte auf das Display und las die Worte laut und deutlich vor.

>Halte dich raus oder du wirst es bereuen! <

»Elena, das ist eine verdammte Drohung! Wie konntest du die einfach ignorieren?«

»Ich mache mir schon genug Vorwürfe! Tu du es nicht auch noch!«, keifte ich Markus an, entschuldigte mich jedoch sofort wieder. Ihn traf keine Schuld. Alle Last lag auf meinen Schultern.

»Wenn ich die Nachricht beachtet hätte, wäre Carmen womöglich noch am Leben.« Eine Träne drückte sich aus meinem Auge und rann die Wange hinunter.

»Und dann ist da noch dieser Zettel.«

»Welcher Zettel?«

»Carmen hielt ihn in der Hand, als sie ...« Ich konnte nicht weiterreden. Ich brach in Tränen aus und schluchzte laut. Markus verzog mitleidig das Gesicht und reichte mir ein Taschentuch, sagte jedoch nichts. Einen Augenblick war es ganz still. Plötzlich kreuzte mein Partner die Finger und sah mir scharfsinnig entgegen. Ich kannte diesen Ausdruck in seinen Augen. Er hatte eine Idee.

»Das heißt, du vermutest, dass diese Nachricht von jemandem stammt, der mit den vielen Mädchen in Verbindung steht, richtig? Wie kam der Ehemann dann darauf, dass du schuld bist? Hat er vielleicht die Nachricht geschrieben? Oder jemand, den er kennt?« Ich schüttelte nur den Kopf. Es war unvorstellbar, dass Heiko von dem Fall wusste. Jedenfalls nicht mehr, als alle anderen, die Zeitung lasen.

»Wann hast du die erste Nachricht bekommen? Direkt an dem Abend, als wir trinken waren?«
Ich nickte nur. Meine Stimme wurde von einem dicken Kloß in meinem Hals und Schleim in meinem Mund blockiert.

»Hat es womöglich mit unseren jüngsten Erkenntnissen zu tun? Du weißt schon: Alex Dorstheim. Er hätte die Nachricht schreiben können. Es würde zumindest passen. Unmittelbar, nachdem wir herausfinden, dass sein Profil nicht echt ist, kommt diese Nachricht. Damit rückt er definitiv in den Kreis der Verdächtigen. Und nachdem wir nun wissen, dass er nicht Alex Dorstheim heißt, kann es wieder jeder sein.«

»Woher sollte er von unseren Erkenntnissen wissen?«, fragte ich unter Schluchzen und war mir sicher, dass ein gurgelndes Geräusch meine Worte begleitet hatte.
Markus und ich starrten uns an. Genau das war der Punkt! Und zudem war es der Albtraum eines jeden Polizisten. Doch im Angesicht der Umstände war es durchaus im Bereich des Möglichen.

»Ein Maulwurf? Aber wer?«, fragte Markus, ohne seine blauen Augen von mir abzuwenden. Die Vorstellung, dass ein Kollege Informationen nach außen trug, machte den Fall schwieriger als gedacht. Niemand wollte Mitarbeiter beschuldigen oder gar verhören. Dafür benötigte man aussagekräftige Beweise oder zumindest Hinweise, die darauf schließen ließen.

»Hast du die Nummer schon zurückverfolgen lassen? Vielleicht bekommen wir heraus, wem das Handy gehört?« Markus' Gehirn schien auf Hochtouren zu laufen, während das meine die Trauer bekämpfte, und versuchte klare Gedanken zu fassen. Ich schüttelte nur den Kopf.

»Warte kurz.« Mein Kollege tätigte wie so oft einige Anrufe, gab die Nummer und einige andere Details an den Gesprächspartner weiter und legte dann auf.

»Die kümmern sich. Ok. Weiter im Text. Wenn Alex Dorstheim zu so etwas fähig ist, oder wer auch immer das war, und die Verbindung zwischen der SMS, dem Zettel und Carmens Tod wirklich besteht, dann bist du verdammt noch mal in Gefahr. Nein, nicht nur du!«

Seine Worte jagten mir einen kalten Schauer den Rücken hinunter. Er wollte es zwar nicht aussprechen, doch wir wussten beide, dass Mala und Mia gemeint waren.

»Was soll ich tun?« Meine Stimme klang dünn und zittrig. Der Gedanke, dass meinen Kindern etwas geschehen könnte, machte mich fertig.

»Ruf ihn an.« Markus schlug es nicht vor, er befahl es mir.

»Auf keinen Fall! Das werde ich nicht! Du weißt, was er mir angetan hat! Markus! Nein!« Wild gestikulierend schlug ich mit der Faust auf den Tisch, sodass ein lauter Knall den Raum erfüllte. Erneut traten mir die Tränen in die Augen, diesmal aus Wut und Verzweiflung.

»Leni, komm schon! Das ist die beste Lösung und das weißt du!«

Ich legte den Kopf in die Hände und versuchte meine Gedanken zu sortieren. Das war alles nicht real. Das hier geschah alles nicht! Carmen war am Leben und meine Familie in Sicherheit, redete ich mir ein und konzentrierte mich auf meine Atmung.

»Elena …«, die Stimme meines Kollegen schien in weiter Ferne zu liegen, während das Gehirn meine heile Welt rekonstruierte. Ein Klopfen an der Tür unterbrach das Gespräch, zeitgleich piepsten unsere Handys. Torben Reis stand im Rahmen und sah sorgenvoll drein. Auch er war von der ganzen Situation gezeichnet. Seine rosigen Wangen wirkten fahl und unter den Augen hatte er dunkle Ringe.

»Was ist?«, fragte ich und versuchte meine Gedanken weg von meinen Kindern zu lenken.

»Ein weiteres Mädchen«, sagte Markus fast schon flüsternd und hielt mir sein Display vor die Nase.

KAPITEL 20

Dienstag zwölf Uhr mittags. Eine Zeit, zu der andere Mädchen in der Schule waren. Doch Verena würde nie wieder das Klassenzimmer betreten. Sie hatte sich vom Dach des Kröpeliner Tor Centers gestürzt und lag nun regungslos vor dem Haupteingang. Die vielen Passanten wurden von den Polizisten zurückgedrängt und hinter ein Absperrband gebeten, während ich den Tatort begutachtete. Den Vierten mit einem jungen Mädchen, um genau zu sein.

»Verdammt!«, zischte ich, als alles zusammenpasste. Die Todesursache, das geschätzte Alter und nicht zuletzt das Blut an ihrem Unterarm. Wie bereits bei den anderen Mädchen versuchte ich das Muster zu entziffern, doch die rote Flüssigkeit ließ keine klare Sicht zu. Ohne lange nachzudenken, streifte ich die dünnen Gummihandschuhe über, schob die dünne Strickjacke des Mädchens zur Seite und suchte nach dem Stück Papier, doch da war keines. Auch in der kleinen Umhängetasche befand sich kein Abschiedsbrief.

»Haben Sie einen Brief oder Zettel gefunden?«, fragte ich einen der Kollegen von der Spurensicherung. Er schüttelte nur den Kopf.

»Vielleicht wieder auf dem Laptop?«, rätselte Markus, der das Schauspiel aus einiger Entfernung betrachtete und hinauf zum Dach sah. Ich spürte, wie er näherkam und mir über die Schulter sah.

»Sag mal, fällt dir nicht etwas an ihr auf?«
Ich wirbelte herum, zu aufgewühlt, um ruhig dazustehen. Es war einfach zum Verrücktwerden. Eine weitere Tote und keine neuen Spuren.

»Sprich dich einfach aus! Ich habe keinen Nerv für Ratespielchen!« Markus warf mir für meinen Kommentar einen bösen Blick zu, doch das kümmerte mich reichlich wenig.

»Schau dir das Gesicht an. Ihr Auge ist blau und die Lippe geschwollen. Sie wurde anscheinend geschlagen. Die anderen Mädchen waren nicht so übel zugerichtet. Könnte es einen Kampf gegeben haben? Vielleicht mit unserem Alex?«

Mein Handy vibrierte. Klingenberg. Genervt nahm ich ab.

»Ja? Was gibt es? Wo sind Sie schon wieder?«

»Am Tatort und wo sind Sie?«

»Reden Sie keinen Unsinn! Caspari und ich sind bei der Leiche. SIE NICHT!«

»Und wer ist das dann, die hier vor mir liegt?«

Verwirrt sah ich mich um. Wo stand dieser arrogante Schnösel? Meine Augen suchten die Menge ab, fanden ihn jedoch nicht. Plötzlich tippte mir jemand auf die Schulter.

Markus hielt mir eine SMS vor die Nase.

»Weitere Leichenfunde in der Erich-Mühsam-Straße und der Ernst-Haeckel-Straße.« Das Handy rutschte mir aus der Hand und knallte auf den Boden. Das Display schien in Zeitlupe zu splittern, ehe es erneut aufleuchtete. Mit zittrigen Fingern griff ich nach dem demolierten Gerät.

»Wer nicht hören will, muss fühlen«, las ich leise die Nachricht vor, die hinter einem dicken Riss, der den Bildschirm teilte, angezeigt wurde. Ich hörte meinen Namen.

Markus schien mit jemandem zu reden, doch durch meinen Kopf schossen zu viele Gedanken auf einmal, als dass ich etwas von der Unterhaltung mitkriegen konnte. Wir befanden uns in der Kröpeliner Straße. In der SMS wurden die Erich-Mühsam-Straße und Ernst-Haeckel-Straße als Tatorte aufgelistet. Drei Tatorte, drei Leichen, drei Mädchen.

KAPITEL 21

Es war das erste Mal, dass ich es nicht bereute, seine Nummer behalten zu haben.

»Ja?«, meldete sich mein Ex-Mann knapp am Telefon. Die tiefe, vertraute Stimme ließ mein Herz schneller schlagen.

»Hallo Tom, ich bin's.«

»Elena?« Die Verwunderung in seiner Stimme war mehr als berechtigt. Es war sicherlich ein Jahr oder länger her, dass ich mich bei ihm gemeldet hatte.

»Ja, pass auf. Ich will nicht lange um den heißen Brei herumreden. Kannst du die Mädchen für einige Zeit nehmen? Vielleicht für eine oder zwei Wochen?«

»Ich habe sie ewig nicht gesehen und auf einmal willst du, dass wir Kontakt haben? Ist das dein verdammter Ernst?«

»Das ist jetzt nicht die Zeit, um beleidigt zu sein.« Ich mühte mich, die Fassung zu bewahren, doch angesichts der Situation war ich alles andere als ruhig.

»Was ist denn los? Ich denke, du hast jemanden, der auf sie aufpasst?«

»Es ist etwas passiert. Ich habe im Moment äußerst viel zu tun und es sind doch bald Ferien. Würdest du mir den Gefallen tun? Es ist wirklich wichtig!«

»Ich weiß nicht. Mala ist seit unserer Trennung sehr schlecht auf mich zu sprechen und Wanda mag Kinder nicht besonders …«

Wanda. Das war seine Neue. Die, mit der er mich betrogen hatte. Ein junges Püppchen mit großen Brüsten und einer Bikinifigur, gegen die jedes Model alt aussah.

»Tom, es sind auch deine Kinder! Ich würde nicht fragen, wenn ich eine andere Wahl hätte. Das weißt du!«

»Und was sagt Mala dazu? Will sie überhaupt zu mir?«

»Ich rede mit ihr. Es geht nicht anders.«

Er zögerte. Dann hörte man ein lautes Seufzen und Gemurmel. Es erforderte wohl noch mehr Überzeugungsarbeit. Ich hatte keine andere Wahl, als ihm die unschöne Wahrheit zu sagen.

»In Ordnung. Karten auf den Tisch. Ich erhalte Drohungen und habe die Befürchtung, dass Mala und Mia ins Fadenkreuz geraten könnten.«

»Und damit rückst du erst jetzt raus? Ich hole sie morgen ab, ok?«

»Danke. Unsere neue Adresse schicke ich dir gleich.« Ich legte auf und starrte noch kurz auf das Display. Man konnte über den Vater meiner Kinder sagen, was man wollte, aber wenn es hart auf hart kam, war er da.

KAPITEL 22

Im Polizeirevier wurde eine Krisensitzung einberufen.

Markus, Caius und ich befanden uns gemeinsam mit Torben Reis, zwei Ermittlerinnen und dem Chef des Kommissariats in einem der kleineren Konferenzräume.

»Jetzt wird es ernst«, meinte Herr Scholl, unser Vorgesetzter mit der überschaubaren Haarpracht und dem dicken Bauch, und breitete Fotos auf dem großen Tisch aus. Alle beugten sich hinüber und betrachteten die Mädchen, nur Klingenberg nicht, der wie ein wildes Tier auf und ab lief.

»Bis heute Morgen waren es drei tote Mädchen, nun sind es sechs. Langsam können wir der Presse gegenüber nicht mehr von Zufällen reden. Hat Ihr Team bereits Fortschritte in den Ermittlungen gemacht, Frau Küster?«

Ich dachte an Markus' und meine Theorie mit dem Maulwurf, entschied jedoch, diese noch nicht mitzuteilen. Sollte es tatsächlich einen Spitzel in unseren Reihen geben, konnte es jeder der Sondereinheit sein.

»Es gibt einen Verdächtigen. Alex Dorstheim. Nur leider stellte sich heraus, dass dies nicht sein richtiger Name ist.«

Scholl seufzte hörbar.

»Also haben Sie NICHTS Neues. Hat einer der Anwesenden wenigstens eine Theorie, was hier vor sich geht?«

Mein Blick ging zu Markus, der neben mir saß. Er hatte die Ellenbogen auf den Tisch gestützt und die Hände zusammengefaltet, fast schon, als würde er beten. Seine Augen blickten starr geradeaus auf die kahle Wand.

»In Russland kursierte vor einiger Zeit ein Spiel, das sich Blauer Wal nannte. Dabei haben sich Teenager absichtlich in Gefahr begeben, um über soziale Medien Aufmerksamkeit zu bekommen. Vielleicht ist es nun in Rostock angekommen?« Die Frau mit dem welligen roten Haar mir gegenüber reichte unserem Chef ihre Recherche zu dem Spiel.

»Am Ende ... bringen sie sich um. Das gibt den größten Schub an Aufmerksamkeit«, sagte Laura, Stefanie, Gabi ... verdammt. Wie hieß die noch gleich?

»Danke, Frau Pauls. Das würde passen.«

Pauls? Wer hieß denn bitte Pauls? Aber immerhin wusste ich nun, wie ich sie ansprechen sollte.

»Ist es bereits in anderen Staaten zu derartigen Vorfällen gekommen?«, fragte ich sie und notierte mir den Namen der Kollegin. Daneben kritzelte ich eine Karikatur von ihr, die ihre markante Frisur einfing und mit einem Pfeil auf *Pauls* deutete. Wie sollte man sich sonst diese ganzen Fratzen merken? Wer bei der Polizei arbeitete, sah tagtäglich hunderte von Gesichtern, da war es ganz normal, dass man Namen nicht wusste, oder?

»Soweit ich weiß, gibt es einzelne Fälle in Südamerika und Frankreich«, sagte sie und legte den Zeigefinger an das spitze Kinn. Herr Scholl schien etwas zufriedener, als zu Beginn, doch nach wie vor skeptisch.

»In Ordnung. Finden wir mehr über dieses ...« Ein Klopfen an der Tür zum Konferenzsaal unterbrach seine Anweisung und ein junger Mann trat ein. Ich erinnerte mich, dass er zu den Azubis gehörte, die Caius aus der Küche gejagt hatte. Er entschuldigte sich zaghaft für die Störung und reichte Klingenberg, der ihm am dichtesten war, eine Mappe, eher er wieder ging.

»Wo war ich? Ach ja. Wir brauchen mehr Informationen über den Blauen Wal. Alle bekannten Fälle, Hintergründe und einen Abgleich zwischen den bisherigen Opfern aus Rostock und denen aus Russland. Wenn es wirklich ein kranker Trend sein sollte, müssen wir ihn schnellstmöglich unterbinden.«

»Blauer Wal, ja? Was haben dann die blutigen Unterarme damit zu tun?«, meldete sich eine Stimme aus dem Hintergrund. Klingenberg lehnte an der Glasscheibe, die einen Blick ins Büro ermöglichte. Seine Stirn war in Falten gelegt und zwischen seinen Augen taten sich große Furchen auf. In den Händen hielt er die soeben eingereichten Unterlagen. Fragend sahen ihn alle an. Frau Pauls zuckte nur mit den Achseln und vermutete, dass es ein Teil des Spiels war.

»Da! Sehen Sie sich das an.« Er warf die Dokumente auf den Tisch, sodass sie über die Fotos hinwegglitten und sich verteilten.

»Kam auch so etwas in diesem Spiel vor?« Sein Finger pochte auf eine Abbildung des Armes, der mittlerweile gesäubert worden war und nun einen freien Blick auf die geritzte Haut gab.

»Sind das … Buchstaben?« Markus beugte sich vor und betrachtete die Fotos genauer.

»Cu…m ta… ta…ce…nt cla…«, versuchte ich die Wörter zu entziffern, doch einzelne Fetzen der Haut lagen derart ungünstig, dass man nur erahnen konnte, was da stand.

»Cum tacent clamant.«, sagte die andere Polizistin und schob die Brille mit den schmalen Gläsern ein Stück den Nasenrücken hinauf. Sie war so schweigsam, dass ich fast glaubte, sie wäre eine Puppe. Das passte auch äußerlich. Makellose Haut, das Haar straff zu einem Dutt gebunden. Alles an ihr wirkte künstlich perfekt.

»Wie bitte?« Scholl sah sie mit einem derart strengen Blick an, dass die junge Frau sich vor Scham erst räusperte, ehe sie fortfuhr.

»Das ähm … ist Latein.«

»Und was heißt es? Sorry. Wir waren nicht alle wach, als es ums Bohnenzählen und Seneca ging«, fragte Caius hörbar genervt und hob unschuldig die Arme, um seiner Ahnungslosigkeit Ausdruck zu verleihen.

»Nun … wörtlich übersetzt heißt es *beredetes Schweigen*, also so viel wie sie reden, wenn sie nichts sagen, denke ich.«

»Sie denken?«, hakte Caius sofort nach.

»Ich bin mir sicher«, korrigierte sie die gemachte Aussage und zupfte nervös an ihrem Kostüm. Ich warf meinem Kollegen einen bösen Blick zu, der ihm zu verstehen gab, dass er sich in seinem Tonfall vorsehen sollte.

»Kam so etwas beim Blauen Wal nicht vor?« Herr Scholl wedelte mit einem der Bilder vor Frau Pauls Nase.

»Nicht, dass ich wüsste. Ich werde aber gezielt danach suchen.«

»Gut. Machen Sie das. Caspari! Sie sagten, der Psychiater hatte neue Informationen? Sind sie hilfreich?«

Markus zögerte, eher er seinem Chef eine Antwort gab. Er wirkte ungewohnt unruhig.

»Nun … Er war bei mir. Doch er sagte lediglich, dass er sich erinnerte, das Mädchen über ein soziales Netzwerk reden gehört zu haben. Das könnte mit Alex Dorstheim zusammenhängen.«

»Sie meinen diesen ominösen Jungen mit dem falschen Namen?« Unser Chef bemühte sich nicht seinen Hohn zu verstecken. Markus nickte stumm.

»Wie auch immer. Küster! Gehen Sie noch einmal zu dem Arzt und befragen ihn dazu. Vielleicht hat er sogar mitbekommen, dass das Mädchen diesem Spiel gefolgt ist. Wir sollten nichts übersehen, also seien Sie gründlich!«

»Herr Scholl, können das nicht die Kommissare Klingenberg und Caspari übernehmen? Oder irgendjemand anderes?« Ich deutete auf alle Anwesenden im Raum.

»Haben Sie etwa ein Problem mit meiner Aufgabenverteilung?« Die rot unterlaufenen Augen meines Chefs fixierten mich streng.

»Nein, aber …«

»Dann machen Sie gefälligst, was man Ihnen sagt! Ich weiß nicht, wie es in Berlin gehandhabt wurde, aber hier habe ich das Sagen.«

»Jawohl.« Ich senkte den Kopf und ärgerte mich innerlich über diese Entscheidung. Scholl beendete die Konferenz und verließ den Raum mit herausgestreckter Brust, als hätte er einen Sieg davongetragen.

»Oh man. Das geht ja in eine ganz andere Richtung, als gedacht«, sagte Markus und lehnte sich in dem Stuhl zurück. Die gewohnte Lässigkeit war wieder in sein Gesicht getreten. Aber warum war er vorhin so nervös gewesen?

»Schaffst du das? Mit Dr. Leptin meine ich. Du wirktest nicht gerade glücklich mit der Aufgabe.« Er beugte sich vor, sodass sich unsere Gesichter ganz nah waren.

»Ich schaffe das schon. Wirklich. Alles gut.«
Besorgt sah er mich an, doch ich mühte mir ein Lächeln ab, um ihn zu beruhigen.

»Ich mache mich gleich auf den Weg. Wir sehen uns später noch, ok?« Mit diesen Worten stand ich auf und verließ den Raum, Markus und Klingenberg allein im Konferenzraum zurücklassend.

KAPITEL 23

Unschlüssig stand ich vor der massiven Holztür neben dem Bild mit dem Boot. Zögernd ruhte meine erhobene und geballte Faust, ehe ich klopfte. Schritte von innerhalb des Raumes näherten sich und Dr. Leptin öffnete die Tür.

»Kommissarin Küster, kommen Sie doch rein«, er trat beiseite.

»Ihr Anruf hat mich ehrlich gesagt überrascht.« Er bot mir einen der Sessel an.

»Ja, tut mir leid.« Ich setzte mich und vermied Augenkontakt.

»Aber weswegen?«

»Ich will Ihre kostbare Zeit nicht vergeuden.«

»Und doch sind Sie hier.« Er lächelte verschmitzt, während er die Akte des Mädchens aus seinem Schrank holte.

»Mein Kollege sagte mir, dass Ihnen eingefallen sei, Wenke habe kurz vor ihrem Tod viel von Reach-Me geredet, diesem sozialen Netzwerk.«

»Das stimmt. Sie erzählte mir, wie viel besser es ihr durch das Internet gehe. Dass es dort jemanden gebe, der ihr Komplimente machte und Tipps gab.« Dr. Leptin setzte sich mir gegenüber und schlug die dünnen Beine übereinander.

»Könnte das dieser Alex aus dem Brief sein? Der ihr schöne Augen macht, meine ich.«

Er zuckte nur mit den Achseln und blätterte in den Papieren. Ich zögerte einen Moment, nahm dann meinen Mut zusammen und sprach an, was mir die ganze Zeit seit jener Nacht durch den Kopf ging.

»Ich ... ich habe ihren Laptop kontrolliert.«

»Wie bitte?"

»Ich bin spät in der Nacht heimgekommen und stand in

der Küche. Als ich ins Bett gehen wollte, sah ich, dass der Laptop meiner Tochter aufgeklappt auf dem Wohnzimmertisch stand."

»Und da haben Sie ihre Nachrichten gelesen?"

Ich nickte nur. Dr. Leptin atmete deutlich hörbar aus und sah einen Moment zu Boden, ehe er wieder mir seine Aufmerksamkeit schenke. Er hatte die Akte beiseitegelegt, sich vorgebeugt und die Finger gekreuzt.

»Hach, Frau Küster. Was machen wir nur mit Ihnen?« Seine schmalen braunen Augen musterten mich von oben bis unten. Aus einem unerklärlichen Grund sträubten sich meine Nackenhaare.

»Aber viel wichtiger ist wohl: Weshalb erzählen Sie mir das?«

Das Kribbeln in meinen Gliedern ließ nach, als er den Blick wieder abwandte.

»Mala hat mit einem Jungen geschrieben, Jonathan heißt er. Über mich. Hauptsächlich darüber, was für eine schlechte Mutter ich bin. Der Junge sprach ihr Mut zu und gab ihr das Gefühl, dass sie ein tolles Mädchen sei. Sehen Sie die Parallelen?«

»Worauf wollen Sie hinaus?«

Ich richtete mich auf und drückte den Rücken durch.

»Alex Dorstheim, der Junge aus Wenkes Chat, er existiert nicht. Zumindest nicht unter diesem Namen. Was, wenn Malas Chatpartner ebenfalls nicht ist, wer er vorgibt zu sein? Wenn es ein und dieselbe Person ist und somit unser Verdächtiger?«

Unsere Blicke trafen sich, als er den Kopf hob und in meine Richtung wandte. Unschlüssig was zu tun war, schwieg ich nur. Es schien eine Ewigkeit zu vergehen, in der wir einander einfach nur ansahen.

»Was machen Sie am Mittwoch?«

»Wie bitte?« Etwas entrüstet verlor ich meine aufrechte Haltung und sackte zusammen.

»Ich würde lügen, wenn ich sage, dass mich diese Theorie nicht fasziniert. Doch noch viel mehr beeindruckt mich Ihr Scharfsinn. Also wenn es für Sie in Ordnung wäre, würde ich Sie gern zum Essen einladen.«

Verdutzt sah ich ihn an. Ein Date war das Letzte, woran ich gedacht hatte, als ich das Zimmer betreten hatte.

»Oder bin auch ich ein Verdächtiger in Ihrem Fall und es wäre unangebracht?« Er lachte.

Ich schüttelte nur den Kopf. Worte konnte ich noch nicht hervorbringen. Dafür war der Kloß in meinem Hals einfach zu groß.

»Schön. Dann hole ich Sie um sieben ab.«

KAPITEL 24

David Leptin wartete, bis die Praxistür lautstark ins Schloss gefallen war, ehe er sich an den spärlich ausgerüsteten Tisch setzte und seinen Kalender aufschlug. In schnörkeliger Schrift trug er den soeben vereinbarten Termin ein. Anschließend zückte er das schwarze Smartphone und wählte eine Nummer aus.

>Morgen ist es soweit. Vermassle es nicht. Das Lamm ist bereit für die Schlachtbank.< Er verschickte die Nachricht und lehnte sich in dem bequemen Drehstuhl zurück. Mit ausgestrecktem Arm öffnete er die mittlere Schublade des Tisches und leerte sie. Anschließend nahm er die Spanplatte aus der Halterung und warf einen Blick auf den darunterliegenden doppelten Boden. Die Ampulle mit dem Kontaktgift rollte über das Brett, stieß gegen die noch eingeschweißte Spritze. Sorgsam griff David nach dem zweiten Fläschchen, welches weiter hinten in der Schublade verharrte und überprüfte den Inhalt. Es war noch genug Gegengift für zwei Einsätze. Nicht, dass er erwartete, die Kommissarin erneut vergiften zu müssen, doch man wusste ja nie. Die dünnen, durchsichtigen Pflaster, welche sich wie eine zweite Haut in seine Handfläche schmiegten, waren wie geschaffen für eine unscheinbare Berührung. Er öffnete die Packung und zählte seinen Vorrat, als plötzlich das Handy vibrierte.

>Sie wird mir gehören und reden, wie die anderen es getan haben.< David grinste. Er konnte die Erregung, die sein Kontakt bei der bloßen Vorstellung des Tötens verspürte, förmlich durch das Telefon wahrnehmen. Schon damals war er von der Art seines Denkens fasziniert und wie weit er für die Befriedigung seiner Bedürfnisse bereit war zu gehen. Seine ganz eigenen, sadistischen Bedürfnisse.

>Weiß Gabriel Bescheid?<

Er behielt das Handy in der Hand und wartete, bis der andere geantwortet hatte.

>Er wird es wissen und seine Pflicht erfüllen. Aber womöglich ist zuvor noch etwas Überzeugungsarbeit notwendig?<

>Schicke ihn zu mir. Ich kümmere mich darum.<

David legte das Smartphone beiseite und stand auf. Sein Blick wanderte aus dem großen Fenster hinaus auf die Kreuzung. Eine Gruppe junger Mädchen überquerte die Straße und schien dabei lautstark zu lachen. Noch hatten sie Spaß am Leben. Doch er wusste, es würde eine Zeit kommen, in der ihre Münder schweigen und ihre Herzen reden würden.

KAPITEL 25

»Leni! Gut, dass du anrufst. Die Schülerakten wurden ausgewertet. Dieser Alex ist wie vermutet nicht darunter. Ich hoffe, Dr. Leptin hatte etwas Nützliches für dich?« Erwartungsvoll wartete Markus auf meine Antwort, doch was sollte ich sagen?

»Elena? Bist du noch da? Hallo?«

»Date.« Das war das einzige Wort, das ich rausbrachte.

»Wie bitte?«

»Er ... will ein Date.« Nun war er es, der schwieg.

»Keine Ahnung, wie es dazu kam. Wir haben über Wenke gesprochen, über Reach-Me, über Mala und dass ich ihre Nachrichten gelesen habe und dann ...«

»Du hast was?!« Markus schien entsetzt zu sein. Als könnte er mich sehen, schüttelte ich den Kopf.

»Und was stand da so? Also ... nicht, dass es mich was angeht, aber wenn der Doc das wissen darf ...«

»Das ist doch jetzt völlig egal! Was soll ich nun machen? In Zeiten wie diesen hat man keine Dates! Wir müssen den Fall lösen und nicht wild rumschmusen!« Ich ärgerte mich selbst, dass ich nicht den Mut gehabt hatte, um abzulehnen. Doch nun war es zu spät. Dieser Mann hatte den Überraschungseffekt genutzt und mich eiskalt an die Wand gespielt.

»Bist du sicher, dass er solche Absichten hat?« Markus brachte eine Möglichkeit ans Tageslicht, die mir bisher nicht gekommen war. Dr. Leptin hatte meine Theorie interessiert. Es konnte also ebenso gut nur ein dienstliches Essen sein. So richtig glauben wollte ich das jedoch selbst nicht.

»Was weiß ich denn schon? Vielleicht liegen meine Nerven auch einfach nur blank und du hast recht. Hab ihn vielleicht missverstanden. Hoffen wir es einfach mal.«

Markus hielt mir noch einen Vortrag darüber, dass ich Malas

Privatsphäre verletzt hatte und mich bei ihr entschuldigen sollte. Doch das war mir ziemlich egal. Ich hatte einen Arzt an der Backe, der hoffentlich kein sexuelles Interesse an mir hatte. Ansonsten wusste ich nicht, wie ich reagieren würde. Es war unabweisbar, dass dieser Mann etwas in mir auslöste. Die Blicke, die er mir zuwarf, konnte ich nicht deuten. Doch mein Körper sprang deutlich darauf an, daran gab es keinen Zweifel. Was auch immer es war, es holte längst vergessene Gelüste ans Tageslicht.

»Hörst du mir noch zu? Wo steckst du gerade?«, riss Markus' Stimme mich aus den Gedanken.

»Ich fahre jetzt auf den Parkplatz des Büros, bist du noch da?«

»Nein. Es wurde ein bisschen außerhalb von Rostock eine tote Prostituierte gefunden und ich soll Silas mitnehmen, damit er Praxiserfahrung sammelt.«

»Wen?«, fragte ich und verzog das Gesicht.

»Verdammt, Leni! Mit deinem Namensgedächtnis könntest du nicht einmal deinen eigenen Stammbaum aufschreiben! Silas Haiden! Unseren Azubi, der heute in die Konferenz geplatzt ist! Du weißt schon! Schüchtern, traut sich kaum ein Wort zu sagen, völlig fehl am Platz, was Polizeiarbeit angeht. Der kann nicht einmal Bilder von Leichen sehen! Und obendrein ist er das Lieblingsopfer von Klingenberg. Dämmert's?«

Ich erinnerte mich an den hageren Typen, mit den kurzen dunklen Haaren und den knochigen Armen, die unter dem kurzärmligen schwarzen Hemd hervorkamen.

»Ach der ist das. Ja, ich weiß jetzt, wen du meinst. Silas also. Und wie heißt der andere?«

»Welcher andere?«

»Na wir haben doch zwei Azubis!«

»Nein, Leni. Haben wir nicht.«

KAPITEL 26

>Hi! Wie war dein Tag? Hoffe, dass du nicht allzu viel Langeweile in der Schule hattest?< Er zog eine Schnute, während seine Finger die Nachricht tippten. Das neue Handy war größer, als das vorherige und zeigte Malas Profilbild noch schärfer. Sie war online. Es würde nicht lange dauern, bis sie zu dem Gerät greifen und ihm antworten würde. Das taten sie immer.

Da! Das Programm änderte den Status und offenbarte somit, dass sie seine Nachricht gelesen hatte. Das Herz schlug schneller, als er daran dachte, was dem Mädchen alles blühte. Einige Sekunden vergingen. Eine Minute. Zwei Minuten.

»Verdammt! Verarsch mich nicht!« Wütend ballte er die Hand zu einer Faust und schlug gegen eine nahe gelegene Hauswand. Eine Frau mit Kind, welche direkt neben ihm stand, starrte erschrocken herüber.

>Keine Lust zu schreiben?< Sie sollte ihm antworten. Es war der einzige Weg, sein Spiel fortzuführen.

>Ne, sorry. Nicht so.< Frustriert biss er sich auf die Lippe, bis Blut zum Vorschein kam.

>Du weißt, dass du mir alles erzählen kannst?<«

>Wir kennen uns doch kaum!<

Mist. Sie war anders als die anderen Mädchen. Zäher zu knacken. Misstrauischer.

>Dann sprich wenigstens mit irgendjemandem über deine Probleme. Es bringt nichts, alles in sich hineinzufressen. Glaube mir. Hab das alles durch.<

>Wieso? Was war denn los?<

Bingo! Sie biss an!

>Ich wurde echt krass gemobbt in der Schule. War so ziemlich der Außenseiter. Es war mir peinlich, keine Ahnung warum.

Aber ich wollte es niemandem erzählen. Letzten Endes habe ich es getan.<

>Was getan?<

>Du weißt schon ...<

>Ne, sag mal!<

Er schickte ihr ein Bild von einem Unterarm voller Narben. Das Bild hatte sie gesehen, antwortete jedoch erneut nicht.

>Sorry. Wollte dich damit nicht deprimieren. Das ist mein Bier und ich sollte dich mit diesen Trauermärchen in Ruhe lassen.<

>Nein, schon gut. Kannst mir ruhig sagen, was ist oder wenn du Sorgen hast.<

Ach *so* tickte sie. Helfersyndrom. Na, wenn das so ist. Ein Grinsen breitete sich auf den Lippen aus und offenbarte die weißen Zähne.

>Ist eine echt lange und vielleicht zu krasse Geschichte. Weiß nicht, ob du sie wirklich hören willst.<

Das Mädchen beharrte darauf.

>Also schön. Aber das ist nichts, was man in einem Chat mal eben so schreibt. Ich würde mich ehrlich gesagt wohler fühlen, wenn ich dir alles persönlich sagen kann. Einfach, um Missverständnisse zu vermeiden. Wäre das ok?<

Sie zögerte.

>Keine Angst! Ich beiße nicht!< – Zumindest nicht fest. Er lachte laut, was erneut einen verstörten Blick der Frau zur Folge hatte. Sie zog ihr Kind dichter an sich heran, flüsterte dem kleinen Jungen etwas ins Ohr und ging anschließend einige Meter weiter die Straße entlang. Ihn kümmerte es nicht, denn er würde bald bekommen, was er sehnlichst begehrte.

>Na schön. Aber ich komme nicht zu dir nach Hause oder so was!<

>Ach! Wo denkst du hin! So einer bin ich nicht!< Er schnaubte kurz. Als ob er das Blut einer Frau über seine Möbel vergießen wollte.

>Du wählst einen Ort. Ich werde da sein und dann entscheiden wir, wo wir reden können. Ok?<

Mala war einverstanden.

>Entschuldige bitte, dass ich vorhin so abweisend war. Ich glaube, ich habe dich falsch eingeschätzt.<

>Ja, das hast du wohl.< – Und du tust es noch immer.

KAPITEL 27

Es war früher Nachmittag. Ich hatte Frau Scholz gesagt, dass ich meine Tochter abholen müsste, da unsere Nanny verhindert war. Streng genommen entsprach dies sogar der Wahrheit, auch wenn diese sehr viel schlimmer war.

Als Mia mich sah, stürmte sie geradewegs auf das Tor zum Kindergarten zu. Ihre rosafarbene Hose war an den Knien mit Gras- und Matschflecken übersät, doch das war nichts, was eine Waschmaschine nicht wieder richten könnte.

»Mama! Mama!«, schrie sie aufgeregt und streckte die Hände durch das Gitter. Eine Erzieherin folgte ihr und grüßte mich bereits von Weitem.

»Guten Tag. Würden Sie mir bitte sagen, wer Sie sind?«

Etwas verdutzt sah ich sie an, während Mia meine Bluse zu fassen bekam und mich dichter an sich zog.

»Küster mein Name. Ich bin Mias Mutter.«

»Das kann nicht sein. Ich sehe ihre Mutter fast täglich und das waren bestimmt nicht Sie! Ich werde die Polizei rufen, wenn Sie nicht sofort gehen!« Ich seufzte und kramte meinen Dienstausweis aus der Tasche. Was bildete diese Frau sich ein?

»Das können Sie sich sparen. Die ist bereits hier.« Ich hielt ihr meinen Ausweis vor die Nase und genoss den verblüfften Gesichtsausdruck.

»Frau Küster! Schön, dass Sie es einmal persönlich schaffen! Holt Frau Oldorp Ihre Tochter heute nicht ab?«

Die Leiterin von Mias Gruppe gesellte sich ebenfalls zu uns. Immerhin.

»Hallo Frau Thalmann. Ja, heute hole ich sie persönlich ab. Carmen schafft es leider nicht.« Ich hoffte inständig, dass sie tatsächlich Thalmann hieß, und verzog das Gesicht zu einem angespannten Lächeln. Die jüngere Dame, die bis eben noch einen Streifenwagen rufen wollte, schaute verwirrt zwischen ihrer Kollegin und mir hin und her. Dabei hüpfte ihr Bobschnitt ganz aufgeregt von links nach rechts, als sei er eine Einheit und keine Sammlung von losen Haaren.

»Also ist das ok, dass die da Mia abholt?« Mir missfiel ihr Tonfall, doch ich hielt mich zurück.

»Das ist Mias Mutter. Natürlich geht das in Ordnung! Clara, kümmere dich bitte wieder um die anderen Kinder. Ich mache das hier schon.« Frau Thalmann legte ihr eine Hand auf den Rücken und schob sie leicht voran. Beleidigt zog das Bobgesicht von dannen.

»Soweit kommt es noch, dass ich mein eigenes Kind nicht abholen darf. Kann ich Mias Sachen holen?«

»Sie meinen die Jacke und Wechselsachen?«

»Ja. Auch. Aber eigentlich alles.«

Verwundert sah die Frau mit den langen, blonden Locken mich an.

»Mia wird für die nächsten zwei Wochen nicht in die Kita kommen. Sie wird bei ihrem Vater sein. Danach kommt sie aber wieder her«, erklärte ich und strich meinem Mädchen übers Haar. Frau Thalmann nickte nur. Da die Frau scheinbar wie versteinert war, öffnete ich das Tor selbst und trat zu meinem kleinen Mädchen. Mit großen Augen sah sie mich an.

»Zu Papa? Gibt es Papa noch?«

Ich strich ihr über die Wange.

»Natürlich mein Liebling. Er war nur verreist. Aber jetzt ist er wieder da.«

»Toll! Dann kann ich ihm Fine zeigen!« Fine war ihr Plüschtier. Ein glitzerndes Einhorn, das sie sich erst vor Kurzem mühsam durch viel Überzeugungsarbeit in Form von hartnäckigem Betteln und ihrer Spezialwaffe, der Knopfdruck-Tränendrüse, erstanden hatte.

»Wie oft muss ich noch schlafen, bis ich Papa sehe?« Sie begann bereits ihre fünf kleinen Fingerchen durchzuzählen, ehe sie den Blick auf mich richtete.

»Einmal.«

»Mama! So viele Finger hab' ich nicht!« Ich lachte und gab ihr zu verstehen, dass sie nur an diesem Abend schlafen musste und ihr Vater morgen kommen würde. Erst als sie es begriff, löste sich der Schmollmund und wurde durch ein strahlendes Lächeln ersetzt.

Wir gingen in das große Gebäude und die leeren Flure entlang. Alle Kinder waren draußen und spielten, während ich mich von meiner vier Jahre alten Tochter zu ihrem Spind führen ließ. Glücklicherweise waren alle Fächer offen, sodass ich Mias Kleidung herausnehmen und in einen Beutel stopfen konnte, den ich zur Sicherheit immer in ihrem Fach gelagert hatte. Anschließend verabschiedeten wir uns und verließen den Hof. Im Auto war mein Kind ganz ruhig und spielte mit einer Barbie, die mir fremd war. Aber was wusste ich streng genommen schon von ihr? Wie schon bei Carmen, fiel mir auf, dass ich auch Mia kaum kannte. Die Tage im Büro und an Tatorten hatten den Großteil meines Tages bestimmt und wenn ich meine Kinder sah, lagen sie entweder bereits schlafend im Bett oder mir fielen noch während einer Unterhaltung die Augen zu.

»Da! Ollizei!« Ich sah in den Rückspiegel. Mia deutete aus dem Fenster und winkte mir ihrer Barbie den Männern in dunkler Uniform zu. Ich folgte ihrem Blick. Ein junger Kollege mit roten Haaren, sehr heller Haut und Händen in den Hosentaschen stand an einen Streifenwagen gelehnt, während er mit einem anderen sprach. Und das war Klingenberg.

KAPITEL 28

»Gibt es eine weitere Leiche?« Es hatte keine zehn Minuten nach unserer Heimkehr gedauert, bis ich Klingenberg angerufen hatte.

»Nein. Wieso? Wie kommen Sie darauf?«

»Was haben Sie dann in Dierkow gemacht?«

»Ich war nicht in Dierkow. Was ist denn mit Ihnen los, Küster? Sie wirken total verwirrt und aufgebracht.«

»Verarschen Sie mich nicht!«, brüllte ich ins Telefon, sah mich jedoch sofort um. Mia saß weiterhin auf der Couch und schaute einen Trickfilm. Glück gehabt. Sie würde noch früh genug Schimpfwörter lernen.

»Ich habe Sie gesehen. Mit einem anderen Polizisten. Rote Haare, helle Haut. Klingelt's?«

»Entspannen Sie sich! Die Beschreibung passt auf jeden Ginger in Rostock.«

Ginger. Ich hasste diese Bezeichnung und dabei hatte ich nicht einmal selbst rote Haare.

»Caius. Was soll das?«

»Duzen wir uns jetzt?« Er amüsierte sich sichtlich. Genervt legte ich auf. Das hatte keinen Sinn. Ich musste einen anderen Weg finden, an die Wahrheit zu kommen. Kurzentschlossen wählte mein Daumen die Zwei des Kurzwahlspeichers. Ein lautes Knacken ertönte und ließ mich zusammenzucken.

»Autsch!«, entfuhr mir ein Schrei und ich kniff die Augen zusammen.

»Elena? Was gibt es?«

»Markus, was war das denn gerade?«

»Ah, ja. Tut mir leid. Das Handy ist mir aus der Hand gefallen und auf einem Stein gelandet. Mistding. Hab jetzt einen schönen Kratzer im Display. Wie nennen die Kids das heutzutage? Spiderapp?«

»Kann sein. Aber egal. Weshalb ich anrufe: Was muss ich tun, um einen Kollegen überwachen zu lassen?«

»Du willst was tun?! Geht es um die Sache mit dem Maulwurf?«

»Vielleicht.« Diese Theorie hatte ich fast schon vergessen, doch in meiner eigentlichen Absicht kam sie mehr als gelegen.

»Ich habe so was noch nie gemacht. Vielleicht zu Scholl gehen und ihn dazu befragen?«

»Das will ich ja gerade nicht. Was denkst du, wie der abdreht, wenn wir mit unserer Theorie daneben liegen? Es muss, soweit es eben geht, ohne großes Aufsehen geschehen. Niemand außer uns darf davon wissen.«

»Du meinst also, ich soll das erledigen …« stellte Markus ernüchtert fest und seufzte hörbar.

»Na schön. Um wen geht es? Wen hast du im Verdacht?«

»Klingenberg.«

»Elena, ich weiß, dass du ihn nicht leiden kannst, aber …«

»Ich habe ihn gesehen. Er hat sich mit jemandem getroffen. Und als ich ihn eben darauf ansprach, hat er es abgestritten. Findest du das nicht komisch?«

»Und du meinst nicht, dass du dich vielleicht verguckt hast? Ich meine, es gibt viele blonde Männer in seinem Alter in Rostock.«

Ich schwieg. Markus kannte mich und meinen Starrsinn gut genug, um trotz seiner Bedenken einzuwilligen.

»Na schön. Wo war er? Wo hast du ihn gesehen?«

»Dierkow. Kita Volkssolidarität. Er war mit einem rothaarigen Kollegen dort, den ich zuvor noch nie gesehen habe.« Er notierte sich alles und legte auf. Ich ließ mich erschöpft neben mein Kind auf das Sofa fallen und kraulte ihren Kopf, als plötzlich mein Handy vibrierte. Es war wieder die fremde

Nummer. Kurz sah ich zu Mia, doch die fixierte nach wie vor den Fernseher. Mein Herz schlug mir bis zum Hals, doch ich versuchte Ruhe zu bewahren. Mit zitternden Fingern öffnete ich die SMS.

>Hältst du dich nicht raus, nehme ich dir die Eins!<

KAPITEL 29

Klingenberg saß stumm an dem kleinen Tisch im Pausenraum, als ich diesen betrat, um mir einen Tee zu kochen.

»Guten Morgen«, sagte ich und lächelte sanft. Er sah nur kurz von seinem Smartphone auf, erwiderte den Gruß jedoch nicht. Ohne ein weiteres Wort goss ich das heiße Wasser in meine dunkle Tasse mit kitschigen Teddybären und Wasserrändern.

»Morgen.« Markus ging an die Kaffeekanne und schenkte sich ein.

»Du nutzt das Ding echt immer noch?« Er deutet auf meine Tasse.

»Sie gehört einfach zu mir.«

»Stimmt. Das hat sie schon immer. Weißt du noch, damals in Berlin, als wir diesen …«

Klingenberg rückte lautstark den Stuhl zurück und stürmte an uns vorbei. Sein Gesicht spiegelte blanke Wut.

»Was ist denn mit dem los?«, frage Markus und nickte in Richtung Tür. Ich zuckte nur mit den Achseln. Mein dienstlicher Partner schien in letzter Zeit dauerhaft genervt zu sein.

»Da du Berlin gerade ansprichst. Wie geht es deinen Eltern?«

Verwirrt sah Markus mich an.

»Meinen Eltern?«

»Na du bist doch ihretwegen hergezogen!«

»Ähm. Ach so. Ja. Gut geht es ihnen.« Er nippte an seinem Kaffee. Da war sie wieder, diese Nervosität in seinen sonst so gelassenen Gesichtszügen.

»Markus? Lügst du mich an?«

»Ach komm schon, Leni. Natürlich nicht! Weshalb sollte ich? Ist heute nicht dein Date?« Er lenkte vom Thema ab. Zu auffällig mein Freund. Aber sollte ich nachhaken oder es dabei belassen? Ich entschied mich für Letzteres. Vorerst.

»Ja. Erinnere mich bitte nicht daran. Und hey! Du sagtest selbst, dass es nur ein Geschäftsessen ist!«

»Sein könnte!«

»Nicht hilfreich«, murmelte ich und wärmte mir die Hände an der Tasse. Draußen war es zwar warm, doch seit drei weitere Mädchen und somit insgesamt sechs tot waren, fühlte ich mich in meiner eigenen Haut nicht mehr wohl. Ganz zu schweigen von den SMS die ich bekam.

»Du siehst nachdenklich aus. So schlimm, dass er dich interessant findet? Ich meine, du bist schließlich eine attraktive Frau! Da kann das mal vorkommen, dass ein Mann schwach wird.«

Ich warf ihm ein schüchternes Lächeln zu und stieß mit meiner Schulter gegen seine.

»Das wird schon. Toi, toi, toi. Aber nicht den Fall vergessen!« Er grinste breit und verschwand durch die Tür.

Ich warf einen Blick auf die Uhr. Es war erst zehn nach neun. Tom würde die Mädchen abends abholen, vermutlich, während ich bereits mit Dr. Leptin beim Abendessen saß. Bis dahin hatte ich eine Freundin gebeten, auf Mia aufzupassen. Mal wieder. Es war kein Wunder, dass Mala mich als Rabenmutter sah. Seit wir in Rostock wohnten, war sie nur auf sich allein gestellt und lebte geradewegs an mir vorbei. Vielleicht sollte ich öfter mitten in der Nacht aufstehen, um sie am Kühlschrank zu treffen? Ich erinnerte mich an die Szene vor wenigen Tagen und lachte. Es war einer der wenigen Momente, die zu den schönen Erinnerungen gehören sollten.

Bei dem Gedanken an meine Tochter kam auch ihr Chatverlauf wieder in mein Gedächtnis. Die Nachrichten, zwischen ihr und Jonathan. So wie zwischen Alex und Wenke. Ohne eine weitere Minute verstreichen zu lassen, stellte ich den Tee auf die Arbeitsplatte und ging raschen Schrittes in mein Büro.

Ich drückte dir Türklinke nach unten und lief gegen die Tür.

»Aua! Verdammt noch eins! Da verlässt man einmal das Büro und da schließt jemand die Tür ab!« Fluchend zückte ich meine Arbeitsschlüssel und sperrte auf. Der Computer schien aus einem endlosen Winterschlaf zu erwachen und lud zahlreiche Updates. Ausgerechnet jetzt! Ungeduldig stoppte ich sie und rief Reach-Me auf.

»So und jetzt suchen wir nach … ja … wie heißen sie?« Unruhig klickte ich mich durch das Ordnerlabyrinth bis in die Fallakte und öffnete den Bericht des Gerichtsmediziners.

»Verena Erlen, Romina Walters, Finja Strauch. Dass ich da nicht gleich draufgekommen bin!«, spottete ich über mich selbst und speicherte mir die Namen in einer Notiz meines Handys. Zunächst rief ich Rominas Ordner auf. Ihr Abschiedsbrief, wenn man ihn denn so nennen konnte, war fast so kurz wie der erste Vers der Bibel.

Ich wiehl ein Ängel seihn!

Verwirrt starrte ich auf die fünf Wörter. War das wirklich alles?

Mein zweiter Gedanke war, dass bei dieser Rechtschreibung wohl nicht viel mehr Vokabular vorhanden gewesen sein konnte. Diesen *Abschiedsbrief* legte ich ohne einen weiteren Kommentar wieder ab und öffnete einen anderen.

Scheiß Leben! Scheiß Menschen! Wenn es einen verdammten Gott auf dieser Welt gibt, dann kann er mich kreuzweise! Und sollte er einen Plan haben, dann ist der dumm! Ich habe alles getan, damit man mich beachtet! Alles! Schule geschwänzt, mich geritzt, bin weggelaufen. Und was ist? Nichts! Man bekommt ein Du-Du und dann war's das! Wieso zum Teufel fragt ihr nicht einfach mal, wie es mir geht? Warum ich das mache? Aber wisst ihr was? Das war's! Game Over! Ich werde jetzt ein scheiß Engel und zeig dem da oben, wie das geht. Das habt ihr jetzt davon!

Ich schluckte. Verena hatte eindeutig Wut im Bauch. Doch abgesehen von ihrem unabweisbaren Hass, war die Gemeinsamkeit zu Wenke, Tabea und Sophia da. Alle wollten ein Engel werden. Wieso? Warum hatte jede diese Phrase, wenn auch nicht im gleichen Wortlaut, in ihren Brief eingebaut? War es wirklich ein Spiel, wie die Kollegin mit den roten Haaren vermutet hatte? Oder steckte etwas anderes dahinter? Wie vom Blitz getroffen schrak ich hoch. Draußen auf dem Flur ertönten Schreie. Hastig sprang ich von meinem Stuhl und stürmte aus dem Büro. Ich war nicht die Erste. Es standen bereits zahlreiche Kollegen in sicherem Abstand zu den Streithähnen und beobachteten das Spektakel.

Klingenberg hatte den dürren Typen, der unser Azubi war, an die Wand gedrückt und am Hemdkragen gepackt.

»Geh nie wieder in mein Büro! Hast du das kapiert!«

»Ich wollte doch nur …«

»Nie! Wieder!«

»Caius! Lass Silas los!«, ertönte Markus Stimme hinter mir. Er kam den Flur entlanggeeilt und zog Klingenberg an der Schulter weg. Reflexartig wirbelte dieser rum und traf Markus mit der Faust im Gesicht. Kurz taumelnd trat er einige Schritte zurück und versuchte sich zu sammeln.

»Geht's noch? Was soll das Ganze!«

»Dieser Bengel hat sich ohne Erlaubnis in mein Büro geschlichen!«

»Ohne Erlaubnis? Ich habe ihm eine verdammte Mappe gegeben, die er dir auf den Tisch legen sollte! Vielleicht lässt du ihn sich erst mal erklären, ehe du handgreiflich wirst.«

Verwirrt sah mein aufbrausender Kollege zwischen Markus

und dem Auszubildenden hin und her.

»Stimmt das?«, fragte er an den jungen Mann gerichtet, der sich, seinem Gesichtsausdruck nach, beinahe einnässte. Er nickte nur hastig und ballte die zittrigen Hände zur Faust. Klingenberg bemerkte, dass wir anderen ihn beobachteten. Torben Reis, der neben mir stand, hatte sogar die Hand am Pistolenhalfter. Er schien für den Ernstfall gewappnet zu sein.

»Was gibt's da zu gucken!« Klingenberg ging in sein Büro zurück und knallte die Tür hinter sich zu.

»Alles ok, Silas?« Markus legte ihm eine Hand auf die Schulter und als er abermals nickte, klopfte er kurz auf seinen Rücken.

»Mach für heute Feierabend. Das war etwas zu heftig.« Die Zuschauer verteilten sich wieder in alle Richtungen. Torben und ich sahen uns kurz an. Er ließ die Hand wieder von der Pistole sinken und atmete tief aus. Sämtliche Anspannung schien von seinem Körper abzufallen. Als Markus an mir vorbeiging, packte ich ihn am Unterarm und zog ihn in mein Büro.

»Jetzt erzähl mir nicht, dass das eben normal bei Klingenberg ist! Dass er sich häufiger so aufführt?!« Ich konnte meine Aufregung kaum zurückhalten.

»Entspann dich. Es ist ja nichts passiert. Aber du hast schon recht. Er ist etwas komisch in letzter Zeit.«

»Komisch? Gereizt! Aggressiv! Und vor allem so still! Normalerweise hat er doch immer irgendeinen Spruch auf den Lippen und lässt nichts unkommentiert. Irgendetwas ist mit ihm.«

Markus fasste an sein mittlerweile gerötetes Jochbein und verzog das Gesicht.

»Tut es sehr weh? Soll ich Eis holen?« Ich tastete vorsichtig über die Schwellung und betrachtete sie genauer. Markus beobachtete mich. Ich sah, dass seine blauen Augen an meinen Lippen hingen. Noch ehe ich reagieren konnte, küsste er mich. Für den Bruchteil einer Sekunde wurde meine Welt in ein zartes Rosa getaucht. Es war genau wie damals. Dieses Gefühl, das er mir gab, wenn er in meiner Nähe war. Nicht als Kollege, sondern als Freund.

KAPITEL 30

Gedankenverloren schwebte mein Kopf über den Akten. Oder besser gesagt, er lag. Den Blick zur Wand gerichtet, spürte ich das kalte Papier auf meiner noch immer geröteten Wange. Mein Herz schlug kräftiger denn je und mein Gesicht brannte förmlich. Was wäre passiert, wenn diese Streberin mit der Brille nicht in mein Büro gekommen wäre, um mir die Recherche von Frau Pauls zum Blauen Wal mitzuteilen? Was hätte Markus gesagt? Hätte er überhaupt Worte gefunden? Ich seufzte. Unweigerlich dachte ich an damals. Ein kalter Herbstmonat, ein vereitelter Terroranschlag und die Party danach. Es war ähnlich wie vor einigen Tagen in der Bar. Markus und ich waren mit mehreren Kollegen trinken und feierten uns. Als ich dann nach Hause wollte, bot er an, mich zu begleiten. Nein, er bestand sogar darauf. Wir schlenderten über den zu der Zeit wenig belebten Alexanderplatz und blieben vor der großen Weltzeituhr stehen. Als hätte ich sie nicht schon tausend Mal gesehen, betrachtete ich das Gebilde.

»Irgendwie starre ich dieses Teil immer an und denke mir, wer kommt auf solche Ideen?«, sagte eine Stimme hinter uns. Ein Typ in zerrissenen Jeans und einem roten T-Shirt mit dunklem Fleck auf der Brust bemühte sich sichtlich das Gleichgewicht zu halten. Es war erstaunlich, dass seine Sprache noch derart deutlich war. Er fuchtelte wild mit den Händen herum und grinste breit.

»Na Püppi? Wie wär's? Du und ich und die Ecke an der Currytheke dahinten? Da zeig ich dir dann meine Currywurst. Hehehe.« Er lachte dreckig.

»Geh lieber erst mal nach Hause und Zähne putzen«, sagte Markus ruhig und lächelte verschmitzt.

»Hä? Wat willst du denn mit Zähne putzen? Bin ich 'n

Kleinkind, oder wat?«

»Puh, wie sag ich das jetzt möglichst nett? Pass auf mein Freund, deine Zähne sind wie Duisburg und Gelsenkirchen.« Der Typ sah ihn verwirrt an, ebenso wie ich.

»Da ist noch Essen dazwischen.« Markus verzog unschuldig das Gesicht und hob die Hände, ehe er über seinen eigenen Witz in Gelächter ausbrach.

»Alter! Willst du mich verarschen?« Der Mann stürmte auf Markus zu, der jedoch nur einen Schritt zur Seite tat. Den Rest erledigte meine heiß geliebte Weltzeituhr. Mit einem lauten Klong sackte der Angreifer zu Boden und verlor das Bewusstsein.

»Und was machen wir jetzt?«, fragte ich und vergewisserte mich, dass er noch atmete.

»Nichts. Der ist nur bewusstlos.« Mein Kollege zuckte nur mit den Achseln.

»Wir sind Polizisten!«

»Und haben Feierabend.« Markus ging einfach weiter. Unschlüssig, was ich tun sollte, sah ich zwischen dem Bewusstlosen und ihm hin und her, entschied mich dann aber für meine Begleitung.

»Aber jetzt mal ernsthaft: Der Witz war echt schlecht«, sagte ich und warf ihm ein Grinsen zu.

»Sein Flirtversuch doch auch.«

»So? Was hättest du denn gesagt?« Erwartungsvoll sah ich ihn an.

»Hm. Vielleicht, dass du wunderschöne Augen hast, ich ganz vernarrt in dein Lächeln bin und die Currytheke dahinten tatsächlich die beste Currywurst in ganz Berlin hat.«
Ich lachte.

»Nur ist mir gerade gar nicht nach Currywurst«, ergänzte er, blieb stehen und legte den Kopf etwas schief.

»Nicht? Wonach denn dann?«, fragte ich und ahnte, was

115

kommen würde. Er beugte sich vor und küsste mich.

Das war unser erster Kuss und sollte nicht der letzte sein. Es war ein wundervolles halbes Jahr und selbst die Mädchen mochten ihn. Doch so plötzlich, wie es angefangen hatte, endete es auch. Markus verlor seinen Humor und erzählte keinen seiner schlechten Witze mehr. Mit jedem Tag schien er sich mehr von mir zu distanzieren und abzuschotten. Und dann kam es, wie es kommen musste. Er erzählte mir von seinen kranken Eltern, die ihn brauchten und dass er wegziehen würde. Das erklärte zwar seine Stimmungsschwankungen, doch nicht, weshalb er nicht mit mir geredet hatte.

Bei dem Gedanken an die Trennung verlangsamte mein Herz seinen Schlagrhythmus wieder. Wollte ich überhaupt, dass Markus und ich wieder ein Paar wurden? Erst recht, nachdem er vorhin bei dem Thema Eltern so ausweichend reagiert hatte. Steckte da vielleicht mehr dahinter?

»Leni! Du bist bei der Polizei! Du hast Kontakte und Möglichkeiten!«, ermahnte mich meine innere Stimme. Ich hob den Kopf von den Akten und schlug mir mit den Handflächen leicht gegen die Wangen, um meinen Kopf aufzuwecken. Ohne Umschweife wählte ich die Nummer des Ortsamtes und trug mein Anliegen vor.

»Guten Tag, mein Name ist Küster. Ich bin Kommissarin in einem Mordfall und benötige einen Personenabgleich. Der Name ist Caspari. Maria und Toralf. Würden Sie mir die Daten bitte per Mail zukommen lassen? Die Mail-Adresse lautet ...«

Das war einfacher als gedacht. Ich hatte mit Papierkram oder zumindest einer ordentlichen Identifizierung meinerseits gerechnet, doch die Frau am anderen Ende der Leitung schien das nicht zu interessieren. Nun hieß es warten.

Ich öffnete den letzten vorhandenen Abschiedsbrief, den von Finja Strauch.

»Ich werde ein Engel sein. Hannes sagte auch, ich würde einen wunderschönen Engel abgeben. Er ist einfach ein Traum. Es ist sein sehnlichster Wunsch, mich mit Flügeln emporsteigen zu sehen. Und weil ich ihn liebe, werde ich ihm diesen Wunsch erfüllen. Hannes, mein Schatz! Mein Ein und Alles! Ich glaube an deine Worte! Wir werden nicht getrennt sein! Unsere Herzen sind für immer verbunden! Auch über das Diesseits hinaus! Für dich gebe ich mein Leben und wache von oben! Ich liebe dich! Ich werde DEIN Engel sein!«

Ein von Liebe geblendeter Teenager, der für seinen Schwarm in den Tod springt. Immerhin hatten wir einen neuen Namen. Hannes. Sofort öffnete ich Reach-Me und suchte Finja. Sie war unter ihrem Namen angemeldet und hatte nicht mit Fotos gegeizt. In aufreizenden Posen lag sie im Gras, rekelte sich um die Skulpturen des Brunnens der Lebensfreude vor dem Rostocker Hof, umarmte einen Pappaufsteller, der in einem Geschäft stand und gab Küsse in die Kamera. Und was sagte ihre Freundesliste? Natürlich. Hannes war darunter. Hannes Trichter, um genau zu sein. Ich öffnete sein Profil und betrachtete das Foto. Der Atem stockte mir und mein Herz setzte einen Schlag aus.

Hannes Trichter war Alex Dorstheim.

Eine kleine Box am oberen Bildschirmrand verkündete mir den Eingang einer E-Mail. Die Dame vom Ortsamt hatte mir die angeforderten Daten geschickt. Erwartungsvoll öffnete ich die Mail.

>Sehr geehrte Frau Küster,die Suche nach den Personen Maria Caspari und Toralf Caspari ergab Folgendes: Keine der beiden Personen war oder ist in Rostock gemeldet.<

KAPITEL 31

Dr. Leptin setzte sich in den schwarzen Audi und schaltete den Motor an. Das Smartphone in der dafür vorgesehen Schale verstaut, wählte er eine Nummer. Die ihm bekannte Stimme meldete sich am anderen Ende.

»Wie sieht es aus?«, fragte er und fuhr aus dem Parkhaus gegenüber der Praxis.

»Sie ist noch nicht zu Hause. Jedenfalls brennt kein Licht«, sagte die Stimme ruhig.

»Dann wird sie wohl noch arbeiten. Du verdrehst ihr scheinbar den Kopf.«

»Dafür raubst du ihr den Schlaf.« Sein Gesprächspartner lachte und auch er konnte sich ein Schmunzeln nicht verkneifen.

»Glaube mir, sie wird schlafen wie ein Baby. Sind alle Vorbereitungen getroffen?«, fragte der Arzt, während er an einer roten Ampel zum Stehen kam.

»Gabriel weigert sich. Er wird mit jedem Tag störrischer. Aber das Mädchen hat angebissen.«

»Schön. Führen wir sie ihrem Henker vor.« Ohne ein weiteres Wort legte er auf. Seine schmalen, stechend braunen Augen waren stur geradeaus auf die Straße gerichtet. Er kannte den Weg zum Polizeirevier bereits und würde sie etwas früher als geplant abholen. Doch das war alles Teil des Plans.

Auf dem Parkplatz entdeckte er den VW Golf mit dem Berliner Kennzeichen neben einem Streifenwagen. Bevor David ausstieg, strich er noch einmal über die zur Seite gekämmten Haare und kontrollierte sein Erscheinungsbild.

Mit herausgestreckter Brust betrat er das Gebäude. Die Dame hinter dem Sicherheitsglas am Empfang lächelte ihm freundlich zu.

»Guten Tag. Leptin mein Name. Dr. Leptin. Würden Sie Kommissarin Küster bitte sagen, dass ich hier auf sie warte? Wir haben einen Termin. Sie weiß Bescheid. Dankeschön.« Er schenkte ihr das charmanteste Lächeln, das er parat hatte und entfernte sich etwas. Ungeduldig ging er durch den Eingangsbereich und zu den Fahndungsfotos.

»Einfältige Wesen. Ihr hättet Großes vollbringen können, doch eure Dummheit hat euch verraten.«

»Dr. Leptin?« Die Kommissarin kam mit schnellen Schritten auf ihn zu. Sie trug eine dunkle Bluse, dazu enge Jeans.

»Waren wir nicht erst für sieben Uhr verabredet?«

»Tatsächlich? Dann habe ich das wohl falsch in meinem Kalender notiert. Also wenn es Ihnen noch nicht passt, dann fahre ich wieder und komme später noch einmal.«
Die Frau schüttelte den Kopf, natürlich tat sie das. Jeder, dem etwas an diesem Treffen gelegen hätte, würde es nicht riskieren wollen, dass er beleidigt war.

»Ich hole nur schnell meine Tasche und dann können wir los. Wollen Sie kurz mitkommen?« David nickte.
Sie gingen den tristen Flur entlang und in ihr Büro. Auf dem Schreibtisch stapelte sich Papier, eine Tasse mit vermutlich bereits kaltgewordenem Tee hatte Spuren auf dem Holz hinterlassen. Ihr Handy brummte laut, während es über die Arbeitsfläche rutschte. Ohne einen Blick auf das Display zu werfen, drückte die Frau den Anrufer weg.

»Sieht aus, als hätten Sie viel zu tun«, stellte er fest und deutete auf das Chaos.

»Viel zu tun … Wenn Sie wüssten.«

»Vielleicht ist ein Abendessen genau das, was Sie brauchen. Ich hoffe, Sie essen gern Steak?«

»So, wir können dann los.« Es störte ihn nicht, dass sie seine Frage nicht beantwortete.
Er bestand darauf, dass sie seinen Wagen nahmen, und hielt

wie ein Gentleman die Tür auf. Ein leichtes Rot stieg in die Wangen der Kommissarin.

»*Was denn, so einfach?*«, dachte David und schmunzelte leicht. Das würde einfacher werden, als gedacht.

Er lenkte den Audi vom Parkplatz und fuhr in Richtung Innenstadt.

»Wie lange arbeiten Sie schon als Kommissarin, Frau Küster?«

»Puh. Seit ich denken kann. Mein Entschluss stand schon früh fest. Deswegen bin ich direkt nach dem Schulabschluss zur Polizei gegangen.«

»Wie kam es?«

»Dass ich Polizistin wurde? Wollen Sie das wirklich wissen?«

Der Wagen hielt an einer Ampel. Erwartungsvoll sah er sie an und gab ihr so zu verstehen, dass sie weiterreden sollte.

»Na ja, im Nachhinein ist mir der Beweggrund etwas peinlich.«

»Ich höre tagtäglich, was Leute träumen und für Gedanken haben. Glauben Sie mir, da ist die Toleranzgrenze sehr groß.« Sie seufzte.

»Na schön. Kennen Sie 21 Jump Street? Die Serie um junge Polizisten, die verdeckt in Schulen ermitteln? Was soll ich sagen? Johnny Depp hat es mir einfach angetan.«

»Wirklich? Bei Ihrer Leidenschaft hätte ich mit einem bedeutenderen Motiv gerechnet.«

»Mein Ehrgeiz entwickelte sich erst mit meiner ersten großen Niederlage.« Sie pausierte und sah aus dem Fenster. David zog ein Ticket und fuhr in das unterirdische Parkhaus in der Langen Straße. Eine Weile war es still. Er war sich sicher, dass sie ihm davon erzählen würde. Wenn nicht jetzt, dann spätestens, sobald sie ihm vertraute. Und das würde sie.

Sein Handy piepte in der Jackentasche.

»Ein Patient?«, fragte die Polizistin, als er auf das Display sah.

»Nein. Nichts, was ich nicht schon vorher wusste. Wollen wir dann?« Er grinste innerlich, als er die SMS erneut las.

>Lasset die Spiele beginnen!<

KAPITEL 32

»Guten Tag, einen Tisch für zwei Personen?« Der Kellner des Restaurants Block House sah kurz auf eine Übersicht und führte uns anschließend quer durch das Meer an Tischen. Als wir stehen blieben, zog Dr. Leptin mir den Stuhl zurück und ließ mich Platz nehmen. Ich spürte, wie die Schamesröte in meine Wangen stieg und dankte ihm.

»Darf es schon etwas zu trinken sein?«

»Ja, wir hätten gern eine Flasche Cabernet Sauvignon«, sagte der Arzt bestimmt und überrumpelte mich mit der gemeinsamen Bestellung etwas.

»Sehr gern.« Der junge Mann mit den kurzen braunen Haaren verzichtete darauf, sich Notizen zu machen, reichte uns die Speisekarten und verschwand.

»Wahrscheinlich eine gute Wahl, aber was hätten Sie getan, wenn ich sage, dass ich keinen Alkohol trinke?« Ich lehnte mich leicht nach vorn und zog die Augenbrauen hoch.

»Ach, Sie wollten auch etwas?« Er lachte.

»Entschuldigen Sie. Ich hätte wirklich vorher fragen sollen. Trinken Sie keinen Rotwein? Bevorzugen Sie etwas anderes?« Ich schüttelte den Kopf.

»Nein, schon gut. Ein guter Wein ist vermutlich das, was ich jetzt am meisten brauche.«

»Bin ich etwa so unausstehlich, dass Sie sich betrinken müssen, um mit mir zu dinieren?«
Dinieren. Wie viele Leute aus meinem Freundes- und Bekanntenkreis dieses Wort wohl überhaupt kannten?

»Die Arbeit«, antwortete ich kurz und sah in die Speisekarte. Mein Gegenüber tat es mir gleich.

»Sie hatten vorhin übrigens recht«, sagte ich ruhig, ohne den Blick zu heben. Dr. Leptin sah von der Auswahl an Gerichten auf und zu mir.

»Ich sagte doch, dass meine erste Niederlage ausschlaggebend für die Berufswahl gewesen war.«

»Also doch nicht Johnny Depp?«, sagte er und grinste mich an. Ich lachte kurz.

»Nein, es hat mehr mit meinem Vater zu tun.« Er legte die Karte beiseite und schenkte mir seine volle Aufmerksamkeit. Unschlüssig, wie ich ihm den schmerzhaftesten Teil meiner Kindheit beibringen sollte, schluckte ich.

»Es war ein dummes Gerücht, das der Auslöser für den ganzen Schlamassel war. Die Leute redeten über meinen Vater. Er war ein einfacher Angestellter einer größeren Firma. Irgendwann kam er gestresst nach Hause, konnte nicht einmal dort abschalten. Ich war bereits siebzehn, als ich hörte, wie meine Mutter ihn fragte, ob die Gerüchte wahr seien. Als Antwort schlug er sie.«

»Neigte er häufiger zu häuslicher Gewalt?«

»Nein. Gerade das wunderte mich ja. Jedenfalls wurde er bald darauf gekündigt und eines Tages stand dann die Polizei vor der Tür und führte ihn ab. Ich wollte nicht glauben, was die Leute sagten und suchte nach Beweisen, die sie widerlegten. Aber ich fand einfach keine.«

»Und waren sie es? Waren die Gerüchte wahr?«

Ich zuckte mit den Achseln und versuchte mir die Traurigkeit nicht anmerken zu lassen.

»Mein Vater hatte mir nie Anlass gegeben, an ihm zu zweifeln. Selbst als er im Gefängnis saß, beteuerte er mir, dass alle logen. Auf der anderen Seite ...«

»Sind Sie sein kleines Mädchen, dass ihn niemals im falschen Licht sehen sollte. Verstehe.«

Wir schwiegen eine Weile. Um uns herum herrschte lautes Gerede von den anderen Gästen. Ein Pärchen stritt unweit von uns, während eine Herrenrunde scheinbar ein Geschäftsessen abhielt.

»Und das war die Niederlage, die Sie zu Ihrem Entschluss bewegte?«

»Ja. Ich habe noch während meiner Ausbildung nach Hinweisen zu dem Fall gesucht, doch es ließ sich nichts Brauchbares finden, um ihn da wieder rauszuholen. Irgendwann gab ich dann zu meiner Schande auf.« Ich senkte betroffen den Blick. Was war ich nur für eine Tochter, die ihren eigenen Vater im Stich ließ? Ich spürte, dass er mich ansah. Das Gefühl von Blicken auf meiner Haut war mir nicht fremd. Damals hatten sie sogar mit dem Finger auf mich gezeigt und getuschelt. Was störte es mich also?

Der Kellner trat erneut an den Tisch und begann den Wein in zwei Gläser zu füllen. Die Flasche stellte er in einen Eimer.

»Haben Sie sich schon entschieden?« Hastig zog ich die Karte erneut zurate und suchte sie nach einem Gericht ab. Nach der Geschichte von eben war mir eigentlich weniger nach einem Essen zumute, als mich unter einer Decke zu verkriechen. Anders erging es scheinbar meiner Begleitung.

Dr. Leptin bestellte ohne Umschweife ein T-Bone-Steak. Blutig. Dann klappte er die Karte zu und reichte sie dem Ober. Wenn ich schon etwas essen musste, wäre mir ein Burger eigentlich lieber gewesen. Fettig, herzhaft, mit viel Käse. Doch angesichts der Tatsache, dass er wie scheinbar immer in einem Anzug vor mir saß, Wein bestellt hatte und dazu eines der teuersten Steaks der Karte, schien es mir falsch. Also nahm ich ebenfalls eines der Steaks.

»Ähm, ich nehme das Hereford Rib-Eye-Steak.« Dr. Leptin

sah mich erstaunt an. Irritiert, was ihn dazu veranlasste, sah ich auf die Beschreibung. Zwischenrippenstück, 250 g, gut marmoriert mit kleinem Fettauge, saftig und zart. Fettauge. Allein bei dem Wort wurde mir schlecht.

»Gut, vielen Dank.« Der junge Mann wandte sich zum Gehen, da tippte der Arzt ihn kurz am Ellenbogen an.

»Für die Dame vielleicht lieber doch ein Filet Mignon.« Er lächelte ihm zu. Der Kellner schaute zu mir, dann wieder zu ihm, grinste und nickte.

»Danke«, sagte ich leise und senkte den Blick. Gott war mir das peinlich!

»Sie essen nicht oft Steak.« Es war mehr eine Feststellung, als eine Frage.

»Wenn man Kinder hat, dann kommt man nicht oft in den Genuss von teurer Küche. Da heißt es McDonalds, Burger King oder Pizza Hut.«

»Kinder? Sie haben neben Mala noch weitere?« Er beugte sich vor und stützte die Ellenbogen auf den Tisch. Die Finger kreuzte er ineinander.

»Ja. Mala ist meine große Tochter, ein Teenager. Und Mia ist meine kleine. Sie ist erst vier.«

Als geübte Kommissarin, die ständig in Verhören saß, entging mir nicht, dass seine Pupillen sich weiteten. Jeder, der etwas von diesem Handwerk verstand, wusste, dass es ein Zeichen von Erregung jeder Art war. Häufig gab diese Reaktion den entscheidenden Hinweis, wenn Behauptungen aufgestellt wurden. Die Pupillen weiteten sich unwillkürlich, sobald man etwas sagte, das der Wahrheit entsprach. Darauf hatte der Mensch selbst keine Kontrolle. Die Augen waren also wirklich der Spiegel der Seele. Doch welche Art von Erregung war es? Abneigung? Freude?

»Dr. Leptin, weswegen sind wir hier?«

Er löste die Position und lehnte sich zurück in den bequemen

Holzstuhl.

»Wir sind hier, weil ich mich mit Ihnen unterhalten wollte.«
Seine Finger griffen nach dem Stiel des Glases, ließen den
Wein ein wenig im Glas wirbeln.

»Sie meinen, weil Sie meine Theorie interessant fanden.«

»Und Ihren Scharfsinn.« Er roch an dem roten Traubensaft
und nippte daran. Ich schluckte. Der Gedanke daran, dass er
Interesse an mir hatte, löste ein Gefühl von Unbehagen und
zugleich Freude aus. Dieses Gefühlschaos verwirrte mich
mehr, als die Tatsache, dass er meine kleine Tochter aus welchem Grund auch immer interessant fand.

Ein Brummen aus der Handtasche lenkte meine Aufmerksamkeit auf sich.

»Entschuldigen Sie bitte. Ich schalte es aus.«

»Die Arbeit?«

»Vermutlich.« Ohne auf das Display zu sehen, hielt ich die
Powertaste gedrückt und ließ das Gerät verstummen.

»Was halten Sie von meiner Theorie, dass der Mann, der
hinter Alex Dorstheim steckt, auch derjenige ist, der allen anderen Mädchen schreibt und Komplimente macht?«

»Jetzt auf einmal allen Mädchen? Das letzte Mal sprachen
Sie nur von Wenke und Ihrer Tochter.«

»Ich denke gern groß. Abgesehen davon habe ich herausgefunden, dass die gleiche Person unter einem weiteren Pseu-
donym mit einem anderen Opfer befreundet war.« Nun war
ich es, die den Wein an die Lippen führte. Ich musste aufpassen und meine Worte sorgfältig auswählen. Vor allem Namen
durften nicht fallen. Wenke kannte er, nur durch sie kamen
wir überhaupt auf ihn. Doch die anderen waren ihm unbe-
kannt, gehörten nur polizeiintern genannt.

»Und wieso denken Sie, dass es sich um einen Mann handelt?«

»Na, weil …« Ich verstummte. Er hatte vollkommen recht!

Die ganze Zeit gingen wir von einem männlichen Täter aus. Aber wieso sollte es keine Frau sein? Es gab genug eifersüchtige Weiber, die die Konkurrenz gern vom Markt nahmen, um die eigenen Chancen zu erhöhen. So albern es auch klang, doch so tickten wir Frauen manchmal.

»Aber egal welchen Geschlechts die Person hinter dem Profil ist, was für Beweggründe stecken dahinter? Und ist er oder sie bösartig?«

»Natürlich ist er das! Oder sie!«, korrigierte ich mich rasch.

»Weshalb sind Sie sich da so sicher?«

»Derjenige hat die Mädchen umgebracht!«

»Hat er das?« Dr. Leptin nippte erneut an dem Wein, während er mich über den Rand des Glases hinweg ansah. Verdammt. Hier war dann wohl Ende im Gelände. Alles was ich von da an über den Fall und meine Vermutungen sagen würde, wäre ermittlungsintern und dürften nicht nach außen dringen.

»Nutzen Sie Reach-Me?«, lenkte ich ab und ließ die aufkeimende Idee in meinem Kopf weiterwachsen.

Er schüttelte ruhig den Kopf.

»Nein. Ich halte nicht viel von sozialen Netzwerken. Vor allem die jungen Leute heutzutage nutzen es, um sich als Personen darzustellen, die sie nicht sind. Sie präsentieren sich, stellen sich zur Schau und gaukeln der ganzen Welt etwas vor. Sie trennen sich von ihrem Freund, schreiben im Netzwerk, dass sie ihn nicht vermissen und er selbst schuld sei, jemanden wie sie fallengelassen zu haben. Aber innerlich …« Dr. Leptin machte eine Pause und sah auf sein Glas.

»Innerlich sind sie ein einziger Trümmerhaufen und sehnen sich nach nichts anderem, als ihn zurückzugewinnen.« Er stürzte den Wein die Kehle hinunter und stellte das Glas ab.

»Sprechen Sie aus Erfahrung?«

»Nein.« Er lachte leicht und schüttelte den Kopf, während

er sich neu einschenkte.

»Es fasziniert mich einfach, wie sehr die heutige Technik uns Menschen beeinflusst. Würden Sie vor mir stehen, mit einem gebrochenen Herzen, wäre es viel schwieriger mir etwas vorzumachen, richtig? Aber wenn Sie, Frau Küster, in einem Netzwerk nur ein paar Zeilen schreiben müssten und anschließend hochladen, dann könnte jeder glauben, es sei alles in Ordnung. Niemand würde wissen, wie es wirklich um Sie steht.«

»Denken Sie, dass die Mädchen so gehandelt haben? Dass sie eine Scheinwelt im Internet aufrechterhielten?« Ich dachte an Sophia, die auf ihrem Profilbild den Sonnenuntergang bejubelte. Gegensätzlich dazu die deutlichen Narben am Unterarm. Narben von Rasierklingen, die in die Haut schnitten.

»Heutzutage ist fast kein Jugendlicher mehr der, der er im Internet zu sein vorgibt. Wahrscheinlich nicht einmal Ihre Tochter.« Er hob das Glas und deutete damit in meine Richtung, ehe er es leerte. Stumm sah ich ihn an. Ob er damit richtig lag? Vermutlich. Ich dachte daran, Malas Profil zu überprüfen. Nicht nur wegen der Eintragungen, sondern auch wegen der veröffentlichten Informationen. Aber ging das nicht zu weit?

»Schmeckt er Ihnen nicht?« Wie so oft riss der Arzt mich aus meinen Gedanken.

»Wie bitte?«

»Der Wein.« Er zeigte auf mein noch fast volles Glas und hob die Augenbrauen.

»Doch, ich habe nur viel um die Ohren.«

»Und vermutlich nichts im Magen, aber dem wird ja nun glücklicherweise abgeholfen.« Er breitete die Serviette auf seinem Schoß aus, als das Essen serviert wurde. Es duftete herrlich und sah auch sehr gut aus. Nichts Anderes hatte ich erwartet.

Als Dr. Leptin seine Gabel in das Steak stach und zu schneiden begann, trat das Blut bereits unter dem Fleisch hervor. Ich unterdrückte eine Grimasse und schluckte. Es war für mich kein Problem Blut zu sehen, doch allein bei der Vorstellung freiwillig diesen Geschmack von Eisen auf der Zunge zu haben, wurde mir ganz anders.

Na dann. Guten Appetit.

KAPITEL 33

David zahlte die Rechnung am Tresen, während die Kommissarin bereits nach draußen gegangen war. Es war ein früher, wolkenverhangener Abend und es regnete leicht, wie es vorhergesagt war. Er ging langsamen Schrittes in Richtung Ausgang, während er einen Blick auf das Smartphone warf. Keine Nachricht. Das war ein gutes Zeichen. Alles würde verlaufen, wie es geplant war. Die blonde Kommissarin stand auf den letzten Stufen des Restaurants zur Breiten Straße und sah sich in Richtung Brunnen der Lebensfreude um.

»Ich hoffe, es hat Ihnen geschmeckt?« Er stellte sich direkt neben die Frau, die gut eineinhalb Köpfe kleiner war und schaute zu ihr hinab.

»Ja, danke für die Einladung.«

»Wie sehen Ihre weiteren Pläne für den Abend aus?«

»Ich muss nach Hause. Meine Kinder warten sicherlich schon.«

»Ach ja. Ihre Kinder. Hat heute jemand auf sie aufgepasst?« Sie blinzelte einige Male, ehe sie in ein schüchternes Lachen ausbrach.

»Gut, dass Sie fragen. Ich habe ganz vergessen, dass mein Mann sie heute abgeholt hat. Ex-Mann meinte ich.«

»Das heißt?«

»Ich werde wohl duschen und ins Bett gehen.«

David wusste zwar, wie spät es war, warf jedoch symbolisch einen Blick auf die teure Armbanduhr.

»Frau Küster, es ist halb acht! Um diese Zeit gehen Sie ins Bett?«

Sie zuckte nur die Achseln.

»Dürfte ich Ihnen vielleicht etwas zeigen?«

»Was denn?«

»Nun, ich sollte das nicht tun, doch nachdem Sie in meiner

Praxis waren und mich wegen Wenke befragt hatten, habe ich sämtliche Aufzeichnungen mit nach Hause genommen und erneut durchgesehen. Sie könnten sich all meine Notizen zu den Gesprächen durchlesen und schauen, ob es eventuell Hinweise gibt, die Ihnen weiterhelfen. Mit Ihrem Scharfsinn fällt Ihnen bestimmt etwas auf, das einem Laien wie mir nicht einmal komisch vorgekommen wäre.« Er beobachtete, wie sie die Stirn erst in Falten legte, die Lippen aufeinanderpresste und darüber nachdachte. David hatte erwartet, dass sie schneller antworten würde.

»Ich weiß nicht, ob das so eine gute Idee ist. Können wir das nicht morgen in Ihrer Praxis erledigen?«

»Hm. Wenn Ihnen das lieber ist. Allerdings muss ich meinen Kalender zunächst nach einem freien Termin durchsuchen. Warten Sie bitte kurz.« Er zückte einen kleinen Taschenkalender aus der Innenseite seines Jacketts und blätterte darin. Er hatte alle seine Termine im Kopf, doch das musste sie ja nicht wissen.

»Hm … Ok. Dann …« Er blätterte weiter, dann wieder zurück. Dabei entging David nicht, wie die Polizistin nervös mit ihren Fingern spielte. Sie war gleich soweit.

»Na schön. Wahrscheinlich ist es besser, wenn ich die Unterlagen so schnell es geht sichte.«

»Wirklich? Sind Sie sicher? Ich möchte Sie nicht drängen, wenn es Ihnen missfällt.« Sie schüttelte nur den Kopf.

»In Ordnung. Dann bitte hier entlang.«

Das Block House war nicht zufällig gewählt. Er wohnte nur fünf Minuten zu Fuß entfernt und das Auto hatte er ohnehin in der Garage stehen lassen wollen. Diese Entfernung war optimal, sollte der Gesprächsstoff nicht ausreichen. Die Zeit der Stille würde nicht zu lang sein, als dass sich Unbehagen ausbreiten könnte.

Als sie seine Wohnung in der Schnickmannstraße erreicht

hatten, ließ er ihr den Vortritt. Vorsichtig und einen Schritt nach dem anderen ging sie über das helle Laminat und sah sich um.

»Schön haben Sie es hier.«

Tatsächlich war seine Wohnung sehr modern eingerichtet. Neben dem schwarzen Ledersofa stand ein riesiges, bis zum Rand gefülltes Bücherregal. Der Großteil davon war Fachlektüre. Der Fernseher thronte auf einem Sideboard, neben welchem ein kleines Regal mit weiteren Büchern stand. Der Couchtisch mit der Glasplatte war leer. Er hatte alles was stören könnte weggeräumt. Die Tür zu ihrer Linken stand offen und ermöglichte einen Blick auf die ebenfalls moderne Küchenzeile und den kleinen Esstisch. Direkt daneben befand sich das Bad. Der Raum zu ihrer Rechten war hinter einer geschlossenen Tür versteckt.

»Möchten Sie etwas trinken?« Er ging an ihr vorbei in die Küche und begann sofort zwei Weingläser aus dem Schrank zu holen und den roten Saft einzuschenken.

»Ich habe einen ganz ausgezeichneten Pinot! Würden Sie mir die Freude machen und ihn gemeinsam mit mir genießen?« David trat kurz zur Küchentür und spähte ins Wohnzimmer. Die Frau fuhr mit ihrem Finger über die Buchrücken im Regal. Zurück bei den Getränken öffnete er den Unterschrank der Spüle und ließ seine Finger an der Innenseite entlanggleiten. Das kleine Döschen war dort nach wie vor mit Klebestreifen fixiert. Der Arzt öffnete es, entnahm eine Tablette und löste sie in dem Wein auf.

»Es wäre wohl besser, wenn ich nüchtern in die Unterlagen sehe. Sonst übersehe ich womöglich wichtige Details«, ertönte eine Stimme aus dem Wohnzimmer, die langsam näherzukommen schien.

»Nur ein Glas.« Er eilte in Richtung Küchentür, stellte sich direkt vor sie, hielt das Getränk auf Brusthöhe und setzte sein charmantestes Lächeln auf. In der anderen Hand versteckte er hinter dem Rücken das Döschen mit den Psychostimulanzien.

»Sie werden es nicht bereuen.« Er drückte ihr das Glas in die Hand, drehte sich um, wobei er die Dose rasch in seine Hosentasche gleiten ließ und griff nach seinem Getränk. Anschließend stieß er mit dem Trinkgefäß gegen das ihre und nippte an dem Wein. Etwas unschlüssig führte auch sie das Glas zum Mund und trank einen Schluck.

»Bitte. Setzen Sie sich. Ich hole die Unterlagen.« David legte ihr eine Hand auf den Rücken und schob sie in Richtung Sofa. Dann stellte er sein Glas auf einen Untersetzer aus Kork, der für Getränke auf dem Couchtisch platziert war und verschwand im Schlafzimmer. Die Mappe mit den Notizen lag auf dem kleinen Nachttisch neben seinem Bett. Er wollte keine Zeit verschwenden und hatte bereits alles vorbereitet. Ein kurzer Blick hinein, ehe er zurückging.

»So. Bitteschön.« Er legte sie auf die Glasplatte vor der Polizistin und setzte sich unmittelbar neben sie. Kommissarin Küster stellte das Glas ab, zog die Unterlagen zu sich heran. Mit strengem Blick überflog sie die handschriftlichen Notizen.

»Und? Etwas Interessantes dabei?«, fragte er fast schon beiläufig, während David an die Lehne der Couch geschmiegt dasaß und seinen Wein genoss.

»Hm. Sie sind lustig. Bei diesen Notizen habe ich das Gefühl, das Mädchen sitzt direkt vor mir. Es ist, als hätten Sie das komplette Gespräch aufgeschrieben.«

»Leider nicht. Es sind die wichtigsten Sätze der Konversationen. Zumindest aus meiner Sicht.«

»Unglaublich«, sagte sie leise und blätterte um.

Er grinste innerlich. Sein Blick ging über die Wand aus Büchern. Manchmal fragte er sich, ob die Auswahl der Lektüre seinen Gästen auffiel, sie womöglich sogar verstörte. Diverse Bücher über Psychologie, die wahrscheinlich aufgrund seines Berufes als vollkommen normal wahrgenommen wurden. Doch die Werke über Betäubungsmittel, Gifte, Sammlungen über die grausamsten Fälle des FBI und anderer ausländischer Behörden? Streng genommen war es mehr als eindeutig, dass seine Interessen nicht denen eines normalen Arztes entsprachen.

»Da! Auf der zweiten Seite!« Sein Gast hatte sich aufgerichtet und die Augen weit aufgerissen. Der Psychiater würde lügen, wenn er sagte, dass er nicht von vornherein wusste, was sie soeben entdeckt hatte. Seine Fährte war so offensichtlich, dass jeder Idiot darauf gekommen wäre.

»So? Was denn?« Er beugte sich gespielt erstaunt vor und kam mit seinem Gesicht sehr nah an das ihre heran.

»Sehen Sie! Wenke spricht über Alex Dorstheim!«

Ich stelle mir immer vor, wie er mich von der Schule abholt, mir mit der Hand durch's Haar fährt und mich küsst. Die anderen Mädchen werden so neidisch sein! Er sieht unglaublich gut aus! Ich stehe ja total auf sportliche Typen! Und bei diesem Körper ... Dazu diese fast schon schwarzen Haare in Kombination mit den schönen Augen ist einfach ein Traum!

»Ich erinnere mich an das Gespräch. Das Mädchen war völlig euphorisch.«

»Aber sie redet davon, dass sie es sich vorstellt. Das bedeutet, dass er sie nicht von der Schule abgeholt hat. Hatte sie ihn damals überhaupt schon getroffen?«

»Ich glaube nicht. Aber ich sagte ja, Frau Küster. Ihr Scharfsinn spricht für sich. Diese Frage habe ich mir nie gestellt, weil er nur ein beiläufiges Thema war. Ein Puzzleteil

des großen Ganzen.« Er hob sein Glas, um erneut anzusto-
ßen. Die Frau trank ihm definitiv zu langsam. Kling! Auf ein
Neues! David beobachtete, wie sich das Glas weiterhin etwas
leerte, wenn auch nur um wenige Millimeter. Doch wenn er
eines war, dann geduldig.

KAPITEL 34

»Stört es Sie, wenn ich meine Bluse ein wenig aufknöpfe? Mir ist plötzlich so warm.«

»Geht es Ihnen gut?« Besorgt sah der Arzt mich an.

»Ja, ich denke das ist der Alkohol. Ich trinke eher selten.«

»Vielleicht sollten Sie eine Pause machen und sich kurz entspannen.« Er nahm mir die Blätter aus der Hand und legte sie etwas entfernt auf den gläsernen Couchtisch. Ich ließ mich in das schwarze Leder sinken, während meine rechte Hand an dem obersten Knopf meines dunklen Oberteils fummelte. Das blöde Ding klemmte. Plötzlich wurde mir schwindlig. Die Knöpfe meiner Bluse tanzten von links nach rechts und wollten nicht stillhalten.

»Verdammt noch eins!«, fluchte ich und blinzelte mehrmals.

»Alles in Ordnung?«

Mit einem kräftigen Ruck löste ich den Faden und schleuderte das kleine schwarze Plastik über den Tisch hinweg.

»Das darf doch wohl nicht wahr sein.«

Gerade, als ich aufstehen und ihn holen wollte, überkam mich ein weiterer Schwindelanfall.

»Ich hebe ihn später auf, ok? Ich muss mich nur kurz ausruhen.« Ich verdeckte meine Augen, um Dunkelheit über die drehende Welt zu legen. Doch es half nichts. Ich ließ den Arm neben mich auf das Sofa fallen.

»Frau Küster?« Dr. Leptin beugte sich zu mir herüber. Ich spürte seine kalte Hand auf meiner schweißnassen Stirn.

»Sie sind ziemlich warm. Vermutlich haben Sie Fieber. Soll ich Ihnen etwas holen?« Er war mir so nahe, dass sein Aftershave fast schon aufdringlich in meine Nase stieg. Ein herber, typisch männlicher Duft mit rauchiger Note. Meine Augen wanderten über sein Gesicht, ich nahm jede einzelne Pore

wahr. Sah die Falte, welche sich zwischen seinen zusammen-
gezogenen, dünnen Augenbrauen bildete und die geweiteten
Pupillen. Im tiefsten Inneren meines Körpers schien sich alles zu entspannen, abgesehen von meinem Herzen. Es raste.

»Hm. Sie sehen wirklich sehr erschöpft aus. Ich hole Ihnen
ein Glas Wasser. Bleiben Sie bitte hier sitzen.« Er stand auf
und ging zurück in die Küche.

Mein Blick wanderte durch den Raum. Fast schon wie in
Trance setzten sich meine Beine in Bewegung und näherten
sich einem kleinen Schrank, den ich durch die offene Tür ins
Schlafzimmer sehen konnte.

Alles war wie in Zeitlupe. Schritt für Schritt für Schritt. Wie
mit Blei an meinen Füßen schlurfte ich über das Laminat.

Unmittelbar vor dem Spiegel, der am Fußende eines großen
Doppelbettes angebracht war, stand eine kleine Skulptur auf
der hölzernen Kommode. Mit den Fingern fuhr ich die Kon-
turen der Frau entlang, während meine Gedanken ganz woanders waren.

»Gefällt sie Ihnen?«, ertönte plötzlich eine leise Stimme
hinter mir. Ich erschrak nicht wie sonst, sondern sah ganz
ruhig in den Spiegel. Dr. Leptin stand hinter mir, umgeben
von zahlreichen Wirbeln, die alles um ihn herum tanzen ließen. Langsam und ohne den Augenkontakt zu unterbrechen,
näherte er sich, bis unsere Gesichter direkt nebeneinander
waren. Mein Gesicht fühlte sich plötzlich an, als würde ich
zu dicht an einem Feuer stehen. Es brannte unnachgiebig
und errötete. Etwas verlegen sah ich wieder zu der posieren-
den Frau und spielte an ihren Armen.

»Ja, sie ist sehr schön«, sagte ich leise, ohne den Blick zu
heben. Die Figur erinnerte mich an eine Amazone, die unter
einem Wasserfall ein Bad nahm. Die Hände elegant über dem
Kopf zusammengeführt, in den Haaren vergraben, feine
Rundungen, die den Körper nur so vor Weiblichkeit strotzen

ließen und dazu das leicht angewinkelte linke Bein.

»In der Tat.« Er legte seine Hand auf meine und führte die Finger den Körper der Figur entlang.

»Spüren Sie das?« Unsere Fingerkuppen glitten über einen Riss im Material, der mir zuvor nicht aufgefallen war. Ich nickte erstaunt.

»Es ist ein Original. Der Künstler rutschte bei seiner Arbeit ab, wollte aber nicht erneut anfangen, da dieser Makel sein Werk noch echter machte.« Ich spürte, wie er an meinem Haar roch. Seine Hände lagen nun auf meinen Armen und strichen sanft an ihnen entlang.

»Weil nichts und niemand auf dieser verdorbenen Welt perfekt ist«, haucht er mir ins Ohr. Ich bekam eine Gänsehaut und schloss die Augen, als seine Lippen meinen Hals berührten. In meinem Kopf drehte sich alles, die Wangen glühten und das Herz schlug nun mittlerweile bis zum Hals. Mit einem Mal drehte er mich zu sich um und presste mich an seine Brust. Wir sahen einander in die Augen. Es schien eine Ewigkeit zu vergehen, in der ich meinen Körper intensiver wahrnahm, als je zuvor. Jede Pore schien zu atmen, in meinen Ohren rauschte das Blut, das wie ein reißender Fluss durch meine Venen strömte. Mein Blick huschte blitzschnell zwischen seinen dunklen Augen und den schmalen Lippen hin und her. Verdammt ich wollte ihn und ich würde ihn haben.

KAPITEL 35

Unweit von David entfernt ertönte ein lautes Brummen. Es war sein Handy, das auf dem gläsernen Tisch im Wohnzimmer lag, direkt neben den gefälschten Unterlagen.

Er warf einen kurzen Blick zur Seite, wo Elena friedlich schlief. Nackt wie er war, stand er aus dem Bett auf und ging durch das stockdunkle Zimmer.

»Ja?«, beantwortete er den Anruf mit ruhiger Stimme.

»Ich bin's. Wir haben ein Problem. Gabriel dreht vollkommen durch. Ich kann ihn nur mit Mühe davon abhalten etwas Dummes zu tun«, ertönte die ihm wohlbekannte Stimme aus dem Hörer.

»Beruhige dich erst einmal. Seid ihr schon fertig? Habt ihr es erledigt?«

»Scheiße nein! Wie denn, wenn der Spinner so abgeht? Hendrik! Mach was!« Die Stimme klang panisch. Es war ernst. David schloss die Augen. Er hasste es zutiefst, wenn man ihm bei seinem ersten Vornamen nannte, doch jetzt war nicht die Zeit für Diskussionen. Es gab wichtigere Dinge zu tun. Gerade als er antworten wollte, ertönte ein Geräusch aus dem Schlafzimmer. Das Smartphone am Ohr ging er zur Tür und lehnte sich an den Rahmen. Elena hatte sich gedreht, im Schlaf gegrunzt und lag nun auf der Seite, die Brust entblößt. Der Arzt betrachtete sie kurz und dachte nach. Sein Blick wanderte von der Frau in seinem Bett zum Couchtisch, wo das fast leere Weinglas stand. Die Dosis war genau berechnet, doch sie hatte nicht alles getrunken. Wann würde die Polizistin also wach werden?

»Seht zu, dass ihr bis morgen fertig seid. Ich halte sie euch vom Leib. Du hast acht Stunden. Mehr nicht.«

Die Stimme am anderen Ende der Leitung fluchte leise, ehe sie wieder zu ihm sprach.

»Und was machen wir mit Gabriel? Allein schaffe ich das auf Dauer nicht und das weißt du!«, fragte sie verzweifelt. Es war für den Arzt vollkommen neu, seinen Gesprächspartner so zu hören. Bisher gab es nie Probleme, warum ausgerechnet an diesem Abend?

»Ich kläre das. Schicke ihn morgen zu mir in die Praxis. Hast du verstanden?« Ohne auf eine Antwort zu warten, legte er auf, ging zurück zu der Kommissarin und warf das Smartphone auf den Nachttisch. Vorsichtig stieg er wieder unter die Bettdecke und stützte seinen Kopf ab. Mit dem Mittelfinger strich David der blonden Frau eine Strähne aus dem Gesicht und klemmte sie hinter das Ohr, ehe er die Decke über ihre Schulter zog, um die Brust zu verbergen.

»Tu das nicht«, sagte sie plötzlich mit heiserer Stimme.

»Was denn?«

»Beobachte mich nicht, wenn ich schlafe.« Sie öffnete ein Auge und lächelte ihm zu. Er erwiderte es. Elena streckte die Glieder von sich und gähnte herzhaft.

»Das tat echt gut. Ich habe geschlafen wie ein Baby.«

»Eher wie ein Troll im Wald.«

»Hey!« Sie boxte ihn leicht und lachte dann. Er sah, wie sie sich kurz in seinen Augen verlor und ihn verträumt anstarrte, ehe mehrfaches Blinzeln sie in die Realität zurückholte. Peinlich berührt kratzte Elena sich am Hinterkopf und errötete leicht. Was sie wohl gedacht hatte?

»Ähm. Wie spät ist es eigentlich?«, fragte sie hastig, wich seinem Blick aus und hob den Kopf, um nach einem Wecker Ausschau zu halten.

»Kurz nach elf. Also noch tief in der Nacht.«

»Scheiße. Und zu so einer Zeit wache ich auf. Mein Schlafrhythmus ist total hinüber. Ich ziehe mich dann mal an und gehe nach Hause.« Sie wollte sich gerade aufrichten, als er sie zurück in die Kissen drückte.

»Wieso? Deine Kinder sind doch nicht daheim, richtig? Und ich kann dich doch nicht allein mitten in der Nacht heimschicken.«

»Dann bringst du mich halt.« Sie zuckte kurz mit den Schultern und zog den Mund zu einer Schnute.

»Ich wüsste da was Besseres.«

»Ach so? Was denn?«

David konnte sich ein Grinsen nicht verkneifen. Seine kalte Hand wanderte zwischen ihre Schenkel und in den feuchten Schritt.

KAPITEL 36

Der Morgen brach an und ein Iltis erwachte. Zumindest roch ich mal wieder so. Diesmal waren jedoch nicht die Albträume schuld.

Ich ging ins Bad und duschte ausgiebig, während mein Gastgeber in der Küche werkelte. Als ich nach Männershampoo duftend und nur mit einem Handtuch bekleidet zu ihm trat, saß er an dem kleinen Esstisch. Vor ihm standen Laptop und Kaffee.

»Deine Sachen sind im Schlafzimmer auf der Kommode. Ich habe sie zusammengelegt«, sagte er kühl und hielt es nicht einmal für notwendig, zu mir aufzusehen. Sollte das etwa alles sein? Besonders nach dem, was in der vergangenen Nacht zwischen uns war? Es war so unwirklich gewesen. Wie in Trance hatte mein Körper sich einfach auf ihn gestürzt, ihm die Kleider vom Leib gerissen und sich geholt, was er brauchte. Und am Morgen danach waren wir wieder zwei fremde Personen, die zufällig in der gleichen Küche standen? Enttäuscht ging ich ins Schlafzimmer, zog mich an und trat anschließend wieder zu ihm.

»Was machst du da?«, fragte ich und setzte mich auf den Stuhl ihm gegenüber.

»Arbeiten.«

Wow. Bei dieser unglaublich detaillierten Beschreibung fühlte ich mich, als würde ich den Bildschirm selbst vor Augen haben. Er schien meine vor Frust krausgezogene Stirn zu bemerken. Jedenfalls klappte er den Laptop zu und legte die Hände mit den Handflächen nach oben auf den Tisch.

»Entschuldige bitte. Ich bin es nicht gewohnt, dass so früh morgens jemand auf eine Konversation mit mir aus ist. Normalerweise kontrolliere ich meine E-Mails, trinke einen Kaffee und bin erst danach ansprechbar.«

Ich nickte verständnisvoll und legte meine Hände in seine. Er küsste sie.

»Seit wann bist du wach? Ich habe nicht bemerkt, dass du aus dem Schlafzimmer verschwunden bist.«

»Puh, das muss so gegen vier gewesen sein. Aber dass du das nicht mitbekommen hast, wundert mich nach der Glanzleistung gar nicht.« Er zwinkerte mir zu. Sofort spürte ich die Schamesröte in mein Gesicht steigen. Tatsächlich hatte ich bereits solange keinen Sex mehr gehabt, dass ich wie beflügelt war und meinen gereizten Stimmenbändern zufolge auch sehr laut. Wie oft hatten wir uns vergangene Nacht in den Laken amüsiert? Vier Mal? Womöglich hassten seine Nachbarn ihn jetzt. Und wenn mich meine Erinnerung nicht trog, musste er sich eine neue Nachttischlampe kaufen. Ich beschloss es sofort anzusprechen.

»Wegen der Lampe …«

»Mach dir deswegen bitte keine Sorgen. Ich besorge gleich eine neue. Das war ohnehin längt überfällig.«

Peinlich berührt griff ich nach seinem Kaffee und wärmte meine Hände an der Tasse. David öffnete den Laptop erneut und begann die Finger rasch über die Tasten wandern zu lassen. Dabei starrte er den Bildschirm so konzentriert an, dass er nicht einmal blinzelte. Während ich ihn beobachtete, kam mir eine Idee. Vor Aufregung rutschte ich nervös auf meinem Stuhl hin und her.

»Was ist los? Du willst etwas sagen. Dann sag es.« Sein Blick galt immer noch dem Computer.

»Mir kam eben eine Idee. Aber das ist Polizeiarbeit und du bist kein Polizist.«

David legte den Kopf schief.

»Wir reden doch sowieso fast nur über Wenke. Bin ich da nicht so etwas wie ein Berater in dem Fall?« Ich dachte kurz über seine Worte nach. Es stimmte. Abgesehen von dem Sex hatten wir nur über seine ehemalige Patientin gesprochen. Womöglich war es nicht verkehrt, seine Meinung zu hören. Die Theorien des Arztes hatten mein Gehirn bereits die Tage zuvor dazu gebracht, einige Ansichten zu überdenken.

»Also schön. Alex Dorstheim hat ein falsches Profil auf Reach-Me, richtig? Er schreibt immer junge Mädchen im gleichen Alter an. Es scheint also ein Muster zu geben.«

»Worauf willst du hinaus?«

»Ich erstelle mir ebenfalls ein Profil!« Entzückt nippte ich an der Tasse, verzog jedoch sofort das Gesicht, als die heiße, bittere Flüssigkeit meine Zunge quälte.

»Du willst ihn also mit seinen eigenen Waffen schlagen?« In Davids Augen blitzte etwas auf.

»Genau! Darf ich?« Nachdem er die Hände hochgerissen und genickt hatte, nahm ich seinen Laptop und öffnete das soziale Netzwerk.

Mein Gegenüber schien neugierig, jedenfalls stand er auf und kam zu mir herum. Sein Gesicht war wieder direkt neben meinem. Mein Herz begann zu rasen, als sein Aftershave in meine Nase strömte und die letzte Nacht erneut Revue passieren ließ. Ich versuchte, mich so gut es ging zu konzentrieren, während ich mir eine neue Identität zulegte. Es war fast schon ein Kinderspiel. Man gab eine Mail-Adresse an, die andere Nutzer später nicht sehen konnten, einen Namen, den man gern hätte und Hobbys, die nicht gerade Stricken und Bingo waren. Fertig!

>Vielen Dank für deine Registrierung Emily Brandt! Viel Spaß auf Reach-Me!<

»Du Fuchs.« David kniff die Augen zusammen und betrachtete das Profilbild, welches ich aus der Bildersuche in Google gespeichert hatte. Es zeigte ein junges blondes Mädchen mit Sommersprossen und einem breiten Grinsen. Ein Sonnenschein durch und durch.

»Und jetzt muss ich ihn nur noch anschreiben. Dann nimmt alles seinen Lauf und ich werde in Nullkommanichts herausgefunden haben, wer hinter diesem Alex D. steckt.« Zufrieden streckte ich die Arme in die Luft.

»Eine Sache fehlt aber noch«, sagte er und drehte den Laptop zu sich. Er begann einen kurzen Text einzugeben und stellte ihn auf meine Seite.

>Hallo an alle! Bin neu hier! Ein total weltoffenes Mädchen, das gern neue Freunde kennenlernen möchte. Bei Interesse schreibt mir einfach! Ich beiße nicht!<

»Ich beiße nicht?«, fragte ich und legte die Stirn in Falten.

»Na ja. Jedenfalls nicht besonders fest.« Er lachte und krempelte seinen Hemdkragen etwas nach unten, sodass ich den blauen Fleck deutlich sehen konnte.

»Ups.« Da war die Leidenschaft wohl mit mir durchgegangen.

»Wann musst du auf der Arbeit sein?«, fragte er und richtete sein Hemd wieder. Die Krawatte schnürte er dabei so weit zu, dass die Beweise zumindest unkenntlich gemacht wurden.

»Gegen acht.«

»Also in einer Stunde. Dann haben wir ja noch etwas Zeit. Möchtest du frühstücken? Ich würde dich anschließend zur Arbeit fahren und dann in die Praxis gehen. Mein erster Patient kommt um halb neun.«

»Klingt sehr gut. Ich hole meine Sachen.« Ich sprang vom Stuhl auf und ging ins Wohnzimmer, wo meine Handtasche neben der Couch stand. Als ich sie anhob, purzelte etwas aus dem Seitenfach und landete mit einem dumpfen Ton auf dem Teppich unter dem Glastisch. Mein Handy. Ich hatte vollkommen vergessen es wieder anzuschalten. Während das Gerät in Gang kam, ließ ich mich auf das schwarze Leder fallen und starrte das rissige Display an. Kaum dass die Codes eingegeben und es entsperrt war, begann die Sinfonie der Hummeln. Das Smartphone hörte gar nicht mehr auf zu brummen. Ich verfolgte den Zähler auf dem Symbol mit dem Telefon. Drei, fünf, acht, elf, dreizehn. Bei siebzehn kam er zum Stehen. Siebzehn Anrufe in Abwesenheit. Es folgte die gleiche Anzahl an SMS, die mir die verpassten Telefonate mitteilten. Sechszehn waren von Tom. Einer von Mala.

KAPITEL 37

Mit zitternden Händen stieß ich die Autotür auf und stürmte auf das Polizeirevier. Markus, ich musste ihn finden.

Ohne mich anzukündigen, platzte ich in sein Büro. Er sah vollkommen fertig aus. Seine rot unterlaufenen Augen waren von dunklen Ringen gezeichnet und die Haare standen in alle Richtungen ab.

»Markus, was ist denn mit dir passiert?«

»Frag nicht. Scheißnacht.« Er winkte ab, wollte eindeutig nicht darüber reden.

»Was gibt es denn?« Erst als er fragte, wurde mir wieder bewusst, weshalb ich überhaupt bei ihm war. Rasch schloss ich die Tür und schaltete das Smartphone auf Lautsprecher. Die computergenerierte Stimme begann die Sprachnachrichten, die mir hinterlassen wurden vorzulesen.

Sie haben sieben neue Nachrichten.

Nachricht 1
Elena hier ist Tom. Ruf mich bitte zurück.

Nachricht 2
Elena. Es ist wichtig.

Nachricht 3
Verdammt   komm! Geh ran!

Nachricht 4
Elena! Wenn du das hörst, ruf sofort zurück!

Nachricht 5
Verflucht Elena! Melde dich! Es geht um Mala!

Nachricht 6
Elena, wo steckst du?! Ruf mich an!

Markus schien nun hellwach zu sein. Mit weit aufgerissenen Augen starrte er mich an.

»Was ist mit Mala? Ist ihr etwas passiert?«

»Ich weiß es nicht! Sie geht nicht an ihr Handy und in der Schule ist sie auch nicht!«

Just in diesem Moment klingelte mein Telefon erneut.

»Ja?«

»Elena? Endlich! Wo warst du? Ich habe die ganze Nacht versucht dich zu erreichen!«

»Tom? Was ist passiert? Was ist mit Mala? Geht es Mia gut?«

»Ja, Mia geht es gut. Ich kam gestern, um sie abzuholen. Deine Freundin Isabell war da und hat auf Mia aufgepasst, ist aber gegangen, als ich meinte, ich warte allein auf Mala. Verdammt Elena! Mala ist bis in den späten Abend hinein nicht nach Hause gekommen! Ans Telefon geht sie auch nicht. Hast du eine Ahnung, wo sie steckt? Ich dachte, dass du ihr gesagt hast, dass ich sie abhole?« Der Vorwurf in seiner Stimme war unverkennbar.

»Na ja. Ich habe sie nicht mehr gesehen und eine Nachricht geschickt. Aber sie hat diese definitiv gelesen!« Ich ärgerte mich in Grund und Boden. Schämte mich, dass ich es nicht einmal schaffte, meiner Tochter einen einzigen Satz persönlich zu sagen. Und nun hatten wir den Schlamassel.

Mein Handy gab drei kurze Signaltöne von sich. Jemand versuchte mich anzurufen.

»Warte kurz, da klopft jemand an. Vielleicht ist das Mala. Ich drücke dich in die Warteschleife. Bleib dran, Tom!« Ich nahm den Hörer vom Ohr und den anderen Anruf entgegen.

»Küster?«, meldete ich mich aufgeregt und hoffte die Stimme meiner Tochter zu hören.

»Neuer Markt.«

»Wie bitte?«

»Ein weiteres Mädchen. Kommen Sie einfach her, ok?«
Klingenberg klang deutlich genervt und legte einfach auf.

»Das war Caius. Wir sollen zum Neuen Markt kommen.
Eine neue Leiche«, sagte ich an Markus gewandt. Wir
schluckten beide. Was, wenn es so war, wie wir dachten?
Wir gingen den Flur entlang und zurück zum Parkplatz. David stand nach wie vor an seinem Auto. Er hatte mich zum
Revier gefahren und gesagt, er würde seine Termine absagen,
um mir beizustehen.

»Guten Morgen, Kommissar Caspari«, grüßte er Markus
und schüttelte ihm die Hand.

»Dr. Leptin? Wollten Sie zu mir?«
David sah von Markus zu mir, der mich danach ebenfalls ansah.

»Fahren wir einfach«, sagte ich und schaute zu Boden.
Ich stieg zu Markus ins Auto, um den neugierigen Blicken an
den Fenstern des Reviers nicht auch noch Stoff für ihre Ge-
rüchteküche zu bieten, und sagte die Fahrt über kein Wort.
Glücklicherweise war auch Markus nicht nach Reden zumute.

Er fuhr bis an den Neuen Markt heran, stellte den Wagen bei
der Post ab. Die Schritte zu Klingenberg, der bereits mit einem gesamten Team vor Ort war und mit einem Mann von
der Spurensicherung sprach, fühlten sich an, wie der Gang
zum Schafott. Ich schlurfte ihm langsam entgegen, als würde
ich schwere Kugeln an Ketten hinter mir herziehen und bemühte mich ruhig zu atmen. Mein Kopf rief immer wieder,
dass ich weggehen sollte. Er wollte das nicht sehen. Doch es
gehörte zu meinem Job. Ich warf einen kurzen Blick zur
Seite. Auch Markus ließ sich ungewohnt viel Zeit. Sein Gesicht war kreidebleich und der Atem ging schwer.

Als wir dicht genug am Tatort waren, um das Mädchen zu sehen, brach ich in Tränen aus. Unter lautem Schluchzen wandte ich mich um und warf mich an Davids Brust, der uns begleitet hatte.

KAPITEL 38

Der Mann beobachtete, wie die Schlampe von Polizistin das Mädchen sah und in Tränen ausbrach. Hendrik, wie er ihn nannte, stand hinter ihr. So, wie sie sich ihm an den Hals warf, musste er es ihr echt angetan haben. Besorgt hatte er es ihr die ganze Nacht, dessen war der Mann sich sicher. Ein hässliches Grinsen breite sich auf dem Gesicht aus und gab die Sicht auf die strahlend weißen Zähne frei.

Der Psychiater umarmte die Frau, während andere verdutzt danebenstanden und die beiden ansahen. Der Mann war sich sicher, dass der ein oder andere von ihnen vor Eifersucht brodelte, wollten sie doch sicher unbedingt die Blondine in den engen Jeans und dem fehlenden Knopf an der dunklen Bluse für sich haben, wenn auch nur für eine Nacht.

Als die Augen des Doktors über die Anwesenden wanderte, trafen sich ihre Blicke. Wie erstarrt verharrte der Mann in seiner Bewegung und starrte zu dem Psychiater hinüber. Er war nah. Gefährlich nah. Vielleicht sogar zu nah. Doch wer sollte es ahnen? Wer ihre Verbindung erkennen? Die Vorsicht des Arztes war ihnen immer zu Gute gekommen, wieso nicht auch jetzt?

Langsam ging der Mann um den Tatort herum und beobachtete, wie die Leute von der Spurensicherung Fotos schossen, Beweise sicherstellten und untereinander tuschelten. Er zückte sein Handy und tippte unauffällig eine SMS.

»Du hast es ihr besorgt! Die ganze Nacht habt ihr gefickt! Die kann doch kaum noch stehen, die Alte. Aber hey! Die Zeit hat gereicht! Siehst du?!« Er bestätigte die Nachricht und sah zu Hendrik. Dessen Augen weiteten sich Sekunden später kurz. Die Nachricht war vermutlich soeben von seinem Handy durch ein Brummen in der Jackentasche angekündigt worden.

Der Mann trat nun selbst an das junge Mädchen heran, kniete sich vor sie und legte seinen Kopf schief, um in die leeren Augen zu sehen. Genau so fand er sie am schönsten. Engel mit Eisaugen, blassblauen Lippen und einer Botschaft auf dem Arm. Den Brief würden sie auch noch finden. Nur hier war der falsche Ort dafür.

KAPITEL 39

Ich wusste nicht, wie lange ich geweint hatte, doch es hatte gereicht, um das Hemd des Psychiaters kreisrund zu durchnässen.

»Geht es wieder?«, fragte David, während er mich an den Schultern sanft zurückdrückte, um mir ins Gesicht sehen zu können. Es fiel mir schwer, da meine Augen wie Feuer brannten und wie ausgetrocknet wirkten. Unter einem weiteren Schluchzen nickte ich nur. Er legte mir eine Hand auf den Hinterkopf und zog mich wieder an seine Brust. Markus hatte sich von uns abgesetzt und hockte vor der Leiche. Ich würde noch einige Minuten brauchen, ehe ich einen zweiten Blick riskieren konnte, doch das war sicherlich das geringste Problem.

»Es gibt keinen Abschiedsbrief«, melde sich eine mir sehr wohl bekannte Stimme. Klingenberg stand direkt hinter mir. Ich drehte mich um, wischte die letzten Tränen aus dem Gesicht und starrte ihn an.

»Haben Sie schon in ihrer Jacke nachgesehen? Oder in der Handtasche? Vielleicht wieder auf dem Laptop?«

»Ja, alles überprüft. Da war keiner. Bis wir an den Laptop kommen, dauert es ja wieder etwas. Hier ist er jedenfalls nicht. Ansonsten passt aber alles. Alter, Geschlecht, Todesursache und wie immer ein blutbefleckter Arm. Ich frage mich allerdings, wie das Mädchen da hochgekommen ist.« Sein Blick ging zum Dach des Rathauses und ich folgte ihm. Tatsächlich erschien es mir kaum möglich für eine außenstehende Person ohne Weiteres auf das massive Bauwerk zu klettern.

»Sie da! Gehen Sie und fragen den Pförtner, ob ihm jemand aufgefallen ist, der normalerweise nicht in das Gebäude gehört. Vielleicht hat der Sicherheitsdienst sogar gesehen, wie das Mädchen dort hochgegangen ist«, befahl Caius. Ich sah, wie der Polizist mit den roten Haaren und der hellen Haut ins Rathaus lief. War das nicht der, mit dem ich Klingenberg in Dierkow in der Nähe des Kindergartens gesehen hatte?

»Wer ist das?«, fragte ich meinen Kollegen und schnaubte in ein Taschentuch, das David mir reichte.

»Wer?«

»Der Typ eben! Der ins Rathaus gelaufen ist!« Ich zeigte in Richtung Eingang.

»Keine Ahnung. Irgendein Kollege halt.«

Die Wut überkam mich und ich packte Klingenberg am Kragen.

»Verarsch mich nicht! Das ist genau der Typ, mit dem ich dich in Dierkow gesehen habe! Genau derselbe!«

Ich spürte, wie alle um uns herum ihre Blicke auf mich richteten.

»Hören Sie auf mit diesen Spielchen, Klingenberg! Die Sache ist ernst! Also los! Reden Sie!«

»Ich hatte doch schon einmal gesagt …«, Caius sprach so leise, dass er fast schon flüsterte.

»Sie sollen mich nicht vor anderen bloßstellen!«

Plötzlich ging alles ganz schnell. Klingenberg erhob die Faust und schlug zu. Ich landete auf dem harten Kopfsteinpflaster und schrammte mir die Knie auf. Markus hingegen blutete heftig aus der Nase und taumelte leicht.

Ich sah, wie er zum Gegenschlag ausholte und die beiden sich prügelten, über den Steinboden wälzten und Schläge austauschten, bis überall Blut war. Die Kollegen um uns herum eilten herbei, versuchten sie zu trennen, kassierten jedoch selbst Prügel. Erst nach mehreren Anläufen schafften sie es zu sechst die beiden Streithähne zu trennen. Mit einem wütenden Schrei riss Klingenberg sich los und stapfte von dannen in Richtung Auto. Erst nachdem auch Markus sich beruhigt hatte, ließen die Männer von ihm ab.

»Kommissar Caspari. Lassen Sie mich einmal sehen.« David trat zu uns, betrachtete das demolierte Gesicht meines Ex-Freundes und stellte einen Bruch fest. Er sagte noch etwas zu Markus, doch meine Aufmerksamkeit galt einem anderen. Der Ginger, wie Klingenberg ihn damals genannt hatte, kam aus dem Rathaus auf uns zu. Ich tippte Markus auf die Schulter und deutete in die Richtung des Rothaarigen.

»Kennst du den?«
Er schüttelte nur den Kopf, während ein Taschentuch das Blut auffing. Wir wussten beide, was das zu bedeuten hatte.

KAPITEL 40

»Also. Wer sind Sie und was machen Sie hier? Niemand auf dem Revier kennt Sie«, sagte ich und bemühte mich ruhig zu bleiben.

»Was wollen Sie denn von mir? Ich arbeite hier!«

»Name!«, schrie Markus, während er eine Packung voll Eiswürfel auf die Nase drückte.

»Lutz Immig.«

»Immig? Der Name sagt mir gar nichts. Also, was wollen Sie hier?« Die Tatsache, dass ausgerechnet ich das sagte, sorgte für ein Schmunzeln meines Kollegen, woraufhin ich ihm gegen das Schienbein trat. Dies war nicht die richtige Zeit für Späße über mein verkorkstes Namensgedächtnis.

»Ich arbeite hier, verdammt!«

»Ok, nächste Frage. Wo ist Mala?« Meine Geduld war ohnehin schon am Ende, da brauchte ich nicht auch noch einen rothaarigen zwei Meter Berg, der sich dumm stellte.

»Wer ist das denn jetzt schon wieder?«

»Verkauf uns nicht für dumm! Wir wissen, was du vorhast!«, Markus schlug mit dem Beutel auf den Tisch, woraufhin die Eiswürfel laut klapperten.

»Was ist denn hier los?« Herr Scholl betrat ohne Vorwarnung das Verhör und bäumte sich in der Tür auf.

»Wir vernehmen diesen Mann! Er ist ein Maulwurf, der interne Daten an den Mörder der Mädchen preisgibt!«, sprudelte es aus mir heraus.

»Er ist was? Haben Sie getrunken Küster? Lutz ist mein Neffe und absolviert hier seinen Praxisteil für das Polizeistudium!« Mein Chef brüllte nun ebenso, wie es Markus bis eben noch getan hatte. Dabei wurde sein Kopf hochrot und die wenigen Haare wären in einem Cartoon wohl eins nach dem anderen abgebrannt.

»Wie sehen Sie beide überhaupt aus?! Ist jemand gestorben, oder was?«

»Eine neue Leiche wurde gefunden. Laura Krull«, sagte Markus ruhig.

»Und warum sehen Sie dann so aus, als wären Sie selbst vom Täter angegriffen worden, Caspari? Ach wissen Sie was? Ich will es gar nicht wissen! Bringen Sie das in Ordnung! Und lassen Sie meinen Neffen in Frieden! Komm mit, Lutz!« Der Rothaarige stand auf, warf uns einen wütenden Blick zu und folgte seinem Onkel, während Markus und ich schweigend sitzen blieben.

Wieder nichts. So langsam wurde es echt eng. Ich zückte mein Handy und wählte die Kurzwahltaste eins. Sofort kam die Mitteilung, dass der Teilnehmer vorübergehend nicht erreichbar sei.

»Verdammt, Mala!« Plötzlich fiel es mir wie Schuppen von den Augen.

»Markus! Komm mit!« Ich packte ihn am Handgelenk und zerrte ihn in mein Büro.

»Was denn? Hast du was gefunden?«

»Ich bin so blind! Er hat mich gewarnt! Er wusste es!«

»Was denn, Leni? Was denn?!« Markus war wütend. Er hatte keine Lust auf Ratespielchen und wollte sofort wissen, was ich meinte. Wer konnte es ihm nach so einem Start in den Tag auch schon verübeln? Ich und öffnete die SMS.

»Erinnerst du dich? Die habe ich bekommen, als wir das Mädchen am Kröpeliner Tor Center gefunden hatten!«

>Hältst du dich nicht raus, nehme ich dir die Eins!<

»Die Eins! Er meint meinen Kurzwahlspeicher! Das bedeutet, es muss jemand sein, der unmittelbar in meiner Nähe ist.

Womöglich viel über mich weiß. Jemand, dem ich vertraue, obwohl ich es nicht sollte.« Meine Stimme wurde mit jedem Wort ruhiger. Als ich fertig war, sah ich Markus stumm in die Augen.

»Moment mal! Du denkst, ich war es?« Entsetzt schaute er mich an und riss die noch immer rot unterlaufenen Augen auf.

»Markus, was ist mit deinen Eltern?« Todernst fixierte ich ihn. Er hatte mich belogen und ich musste den Grund dafür erfahren.

»Ich habe dir doch gesagt, es geht ihnen gut!«

»Maria und Toralf Caspari?«

»Ja! Du weißt doch, dass das ihre Namen sind! Leni, was soll diese dumme Fragerei?«

Ich griff in die Schublade meines Tisches und legte ihm die ausgedruckte E-Mail vor, auf welcher mir mitgeteilt wurde, dass diese Personen nie in Rostock gelebt hatten.

»Du hast sie überprüfen lassen? Geht's noch?« Markus' Blick verfinsterte sich.

»Schluss mit den Spielchen. Sag mir, was das soll! Warum erzählst du solche Lügen?«

Markus schüttelte nur den Kopf, beugte sich vornüber und ließ ihn zwischen den Beinen hängen.

»Ach Leni. Ich hätte es dir irgendwann erzählt. Aber jetzt? Dafür bin ich noch nicht bereit!« Seine Stimme klang schwach. Ein leichter Anflug von Verzweiflung schwang in ihr mit.

»Markus! Wo ist meine Tochter!«

»Verdammt! Ich habe damit nichts zu tun! Glaub mir doch!«

»Dann sag mir, weshalb du damals aus Berlin verschwunden bist! Warum du gesagt hast, dass deine Eltern dich hier bräuchten? Deine Eltern, die gar nicht in Rostock leben!«

»Na schön.« Er holte tief Luft und legte den Beutel mit dem teilweise geschmolzenen Eis auf meinen Schreibtisch.

»Mein Sohn ist gestorben.«

Entsetzt sah ich ihn an. Ich hatte mit allem gerechnet, aber damit?

»Er kam 2016 auf die Welt. Ich war der stolzeste Papa, den man sich vorstellen konnte. Doch er war sehr krank. Es dauerte nicht einmal ein halbes Jahr, bis er uns wieder verließ.«

»2016? Du meinst, nachdem wir beide ein Paar wurden, hast du ... Während wir ein Paar waren, bist du ...«

»Ich wusste doch, weshalb du dich von Tom getrennt hattest. Er hatte dich betrogen und du konntest ihm nicht verzeihen. Wie sollte ich dir da sagen, was ich getan hatte? Es war etwas Einmaliges und ich betrunken. Dass das dämliche Kondom gerissen ist, war dann nur die Spitze des Eisbergs.«

In meinem Hals entwickelte sich ein überdimensional großer Kloß.

»Leni! Wie sollte ich mein eigen Fleisch und Blut abweisen? Ich bin auch nur ein Mensch! Als Maurice dann immer kränker wurde, hat es mir den Boden unter den Füßen weggerissen. Ich wollte bei ihm sein, wenn er stirbt. Deswegen bin ich so plötzlich verschwunden. Und das mit meinen Eltern. Die beiden leben schon seit mehreren Jahren im Ausland. Mein Sohn war hier in der Südstadtklinik, deswegen Rostock. So. Jetzt kennst du die ganze Wahrheit. Ich hoffe doch, du bist jetzt zufrieden.« In seinen Augen schwammen Tränen aus Wut und Trauer. Ich hatte ihn an die wahrscheinlich schlimmste Zeit seines Lebens erinnert. Doch er war nicht der Einzige, der sauer war.

»Raus.«

»Was?«

»Raus habe ich gesagt!« Ich brüllte Markus an und warf die dämlichen Eiswürfel nach ihm. Wie ein verjagter Hund verließ er mein Büro. Das alles war zu viel. Markus hatte mich betrogen. So, wie es Tom getan hatte. Er bekam ein Kind und verließ mich, um seinem sterbenden Sohn in den schwersten Stunden seines so kurzen Lebens beizustehen. Ich hätte ihm mein Beileid bekunden sollen, doch mein Stolz war zu verletzt. Und außerdem gab es jetzt Wichtigeres. So wie Markus sollte es mir nicht ergehen. Ich wollte mein Kind nicht beerdigen müssen, musste handeln, ehe es zu spät war. Mala brauchte mich.

Ohne eine weitere Sekunde zu verschwenden, öffnete ich auf meinem Computer Reach-Me, loggte Emily Brandt ein und schrieb Alex Dorstheim eine Nachricht.

KAPITEL 41

>Du hast eine neue Nachricht von Emily Brandt!<

Der Mann grinste, als er die Mitteilung auf seinem Handy erspähte. Hendrik hatte ihm bereits geschrieben, dass dieses Mädchen seine Henkersmahlzeit sein würde. Und doch konnte er einfach nicht anders. Zu verlockend war das Spiel mit dem Teufel. Doch wie sollte er vorgehen? Mussten die Regeln eingehalten werden? Oder durfte er abweichen?

>Hallo, kennt man sich?<, antwortete er und lächelte verspielt.

>Nein. Ich habe dein Profil gesehen und fand dich einfach interessant. Lust ein bisschen zu schreiben? Ich brauche jemanden zum Reden.<

»*Oje, Frau Kommissarin. So ungeduldig. Viel zu ungeduldig*«, dachte er sich und schüttelte nur den Kopf. Aber gut. Er wollte sehen, in welchen Sturm der kleine Katamaran steuerte.

>Wieso? Was ist denn los?<

>Meine Eltern kümmern sich nur um meine Geschwister. Ich bin wie das fünfte Rad am Wagen. Aber eigentlich ist es mir auch egal. Sie werden schon sehen, was sie davon haben. Wenn ich mal nicht mehr bin, dann heulen sie und denken, sie hätten mir mal zuhören sollen. Dazu kommt, dass ich in der Schule übel gemobbt werde...<

Der Mann lachte leise. Sie hatte einfach die Abschiedsbriefe der Mädchen genommen, von jedem etwas herausgepickt und versuchte so seine Aufmerksamkeit zu erlangen. Prinzipiell keine schlechte Idee. Doch war diese Strategie ineffektiv, wenn der Feind sie kannte.

>Wow. Klingt heftig. Was kann ich tun?< Er spielte ihr kleines Spiel mit und war gespannt, was sie von ihm wollte, obwohl er die Antwort bereits zu wissen glaubte.

>Hm. Ich weiß, wir kennen uns kaum...<

»Wir kennen uns gar nicht!<, warf er sofort dazwischen, während sie bereits die nächste Nachricht tippte. Die Vorstellung, wie die Frau verzweifelt vor dem PC saß und fieberhaft überlegte, wie sie ihn ködern konnte, bereite ihm so viel Freude, dass er leise feixte.

>Ja. Hast recht. Dumme Idee.<

Das kam unerwartet. Er hatte mit mehr gerechnet. Gab sie etwa schon auf? Nicht doch! Es fing doch gerade erst an interessant zu werden!

>Welche Idee?< Er hakte nach, um das Gespräch nicht abreißen zu lassen.

>Ich dachte, man könnte sich vielleicht treffen und quatschen.<

Oho! Mutig! Sie wusste oder besser ahnte, dass er hinter dem Spektakel steckte, wozu er in der Lage war und fackelte dennoch nicht lange. Sie wollte ihn trotz allem treffen. Glaubte sie etwa, dass die Mädchen sich nicht gewehrt hatten? Dass sie ihm einfach gehorchten und gesprungen waren?

Nun war er es, der überlegte. Wollte er sich ihr zu erkennen geben und sie sterben sehen? Oder sollte zuvor ihr Mädchen das Zeitliche segnen? Oder womöglich beide zeitgleich? Ein dramatischer Mutter-Tochter-Suizid!

Er beschloss noch eine Weile darüber nachzudenken. Vermutlich würde er der Frau am Abend antworten oder gar am nächsten Tag. Er wusste, wie verrückt es einen machte, wenn Nachrichten gelesen, jedoch nicht beantwortet wurden. Ihre Tochter hatte es mit ihm gemacht und so tat er es ihr gleich.

Das Handy in der Hosentasche klickte er sich durch die Ordnerstruktur des Computers und öffnete eines der Bilder. Mit Laura hatte er sich die größte Mühe gegeben. Wer hätte gedacht, dass es so anstrengend sein würde, sie bis aufs Rathausdach zu schleppen? Und dann war da noch der Brief ... Für das Papier hatte er sich etwas ganz Besonderes einfallen lassen. Wie würde die Polizistin wohl reagieren, wenn sie ihn fand?

Ein Schrei ertönte am anderen Ende des Flures.

»Ah, da ist er ja ...«, sagte er und grinste.

KAPITEL 42

David sah gespannt auf die Uhr. Gabriel war normalerweise nie zu spät. Es passte nicht zu ihm, seiner Persönlichkeit, seinen Prinzipien. Und ebenso wusste Gabriel, wie David auf Verspätungen reagierte. Gerade, als er ihn anrufen wollte, ertönte ein vorsichtiges Klopfen an der Tür. Der Arzt stand auf und öffnete sie. Der junge Mann wirkte wie ein Sklave, dem jeden Moment Peitschenhiebe drohten.

»Komm rein. Setz dich. Wir fangen sofort an.«
Gabriel setzte sich und zog die Beine ans Kinn. So hatte selbst David ihn noch nie gesehen.

»Was ist? Wieso bist du so verängstigt?«

»Er hat etwas getan. Das war nicht richtig. Nichts was er tut ist richtig, aber das ist noch viel schlimmer.«

»Was, Gabriel? Was hat er getan?«

»Er hat ein Mädchen.«
David wartete, bis der Junge von allein weiterredete.

»Es ist in seinem Keller. Gefesselt. Nackt. Jede Nacht geht er zu ihr hinunter.«
Der Arzt sog scharf die Luft ein. Das, was sein Patient ihm da beschrieb, beunruhigte auch ihn. Nicht sicher, ob er die Antwort wissen wollte, beschloss David die entscheidende Frage doch zu stellen

»Was macht er mit dem Mädchen?«

»Dinge. Grausame Dinge. Ich höre sie schreien. Sehe sie weinen. Ich weiß nicht, was ich tun soll. Wenn ich ihr Essen geben oder helfen will, dann beißt sie mich.« Er schob seinen Ärmel ein Stück hoch und offenbarte einen Zahnabdruck. Das Mädchen musste all ihre Kraft zusammengenommen haben, um ein derartiges Hämatom herbeizuführen.

»Ich will das nicht mehr, Doktor. Bitte machen Sie, dass es

aufhört. Er soll weggehen. Sie in Ruhe lassen. Warum quält er das Mädchen so?«

David atmete kurz durch. Er kannte die Antwort und wusste auch, warum Mala die Hölle auf Erden durchmachte. Doch wie konnte er einem so schwachen Wesen wie Gabriel beibringen, dass er sich aus dieser Angelegenheit raushalten sollte?

»Wieso bringt er sie nicht einfach um? So wie die anderen Mädchen? Das war viel einfacher. Die Albträume hören zwar nicht auf, aber die Schreie des Mädchens sind viel schlimmer! Ich kann sie nicht mehr hören. Ich ertrage das nicht länger. Ich … Ich will nicht!«

Gabriel zückte das Messer, das er immer in seinem Stiefel bei sich trug und holte zu einem Stich in den Bauch aus. David sprang aus dem Sessel und warf sich auf ihn.

»Verdammt! Bist du wahnsinnig geworden!«

»Ich will nicht mehr! Lassen Sie mich! Ich will weg von hier!« Der Junge brüllte wie am Spieß. Von draußen ertönten Schritte und eine Frau öffnete die Tür.

»Dr. Leptin? Ist alles in Ordnung?« Die ältere Dame namens Fink sah ihn erschrocken an. Sie hatte keinen Hang zum Anstand und platzte immer ungefragt rein. Auch dieses Mal wurde er in seinem Vorhaben bestätigt, sie sobald es geht zu entlassen.

»Alles in Ordnung. Er hat eine Panikattacke. Schließen Sie bitte die Tür und sorgen dafür, dass uns niemand stört«, keuchte er und drückte Gabriel weiterhin auf den Boden.

»Aber … Sie bluten!« Die alte Frau deutete auf seine Brust.

»Gehen Sie!« Davids Geduld war nun auch bald aufgebraucht. Er konnte nicht mit zwei Schwachköpfen gleichzeitig arbeiten. Einer von beiden musste sich einkriegen und besinnen, die andere gehen. Ohne ein weiteres Wort wurde die Tür wieder geschlossen. Als Gabriel wieder ruhig und regelmäßig atmete, stand David auf und sah auf sein Hemd herunter.

»Was für eine Schweinerei.« Er knöpfte es auf und begutachtete den Schnitt. Er war nicht besonders tief, reichte aber aus, um sein Hemd mit einem großen roten Fleck zu besudeln.

»Das wollte ich nicht, Herr Doktor! Es tut mir leid!«

»Schon gut Gabriel. Setz dich einfach hin sei ruhig.« Er ging an seinen Schreibtisch und holte eine Mullbinde hervor, die er sich um die Wunde wickelte. Das würde seinen Zweck bis zum Ende dieses Termins erfüllen.

»Gabriel, du hast eine Mission. Die Mission ist klar. Deine Aufgabe ist klar. Seine Aufgabe ist klar. Meine Aufgabe ist klar. Wenn du den Plan ruinierst, dann sterben viele unschuldige Leute. Leute, die ihr ganzes Leben noch vor sich haben. Teenager, Kinder, Babys! Willst du das?«

Der Junge schüttelte hastig den Kopf.

»Gut. Du weißt, was zu tun ist?« Gabriel nickte und mühte sich, die Tränen zurückzuhalten. Er schien mit den Nerven vollkommen am Ende zu sein.

»Dann geh und hilf ihm, wie du es immer getan hast.« David legte ihm eine Hand auf den Rücken und geleitete ihn aus seinem Sprechzimmer. Kaum, dass die Tür verschlossen war, zog er sein Handy aus der Tasche und tippte eine Nachricht.

>Wir müssen reden!<

KAPITEL 43

»Was hast du getan?«, keifte der Arzt durch das Telefon. Er war stinksauer. Der junge Mann wartete einen Moment, ehe er antwortete.

»Nichts anderes als sonst.«

»Gabriel ist vollkommen verstört. Du gehst bei dem Mädchen definitiv zu weit!«

Er rollte mit den Augen. Der Doc war immer so eine Dramaqueen, wenn es mal nicht nach Plan lief. Wer machte denn die Drecksarbeit? Wieso sollte er sich da nicht ein wenig Spaß gönnen?

»Beruhige dich, Hendrik. Ich habe mich doch nur ein wenig mit ihr amüsiert.«

»Du hast was?« Sein Gesprächspartner verstummte. Das Handy am Ohr, lehnte der Peiniger sich gegen den Tisch und kontrollierte seine Fingernägel. Er hasste es, jeden Abend mit einer Bürste die Blutrückstände unter den Nägeln hervorzukratzen. Doch wer A sagte, musste auch B sagen und mit Handschuhen mache es nur halb so viel Spaß. Seine Hand wanderte an die robusten Schuhe und tastete vorsichtig nach dem Metall. Das Messer war noch genau da, wo es sein sollte, sorgfältig im Stiefel verstaut, jederzeit griffbereit. Die Erinnerung daran, wie lange er geübt hatte, um unauffällig mit der großen Stahlklinge am nackten Bein zu gehen, ohne sich zu verletzen, geilte ihn auf. Der Schmerz, den er bei den Einschnitten verspürt hatte, war bis in seinen Kopf gestiegen und durchzog ihn wie tausend Blitze. Die vielen kleinen Narben sollten ihn seinen Lebtag daran erinnern.

»Du hast doch nicht allen Ernstes ...«

»Wenn ich schon den schwierigen Part übernehme, möchte auch freie Handhabe. Du erinnerst dich an unseren Deal?«

Er wartete, bis David seufzte.

»Natürlich tue ich das. Aber ich hätte niemals gedacht, dass du zu so etwas fähig bist.« Dr. Leptin klang anders als sonst. Unsicherer. Vermutlich war er wirklich erstaunt über die Fähigkeiten des Killers. Er hatte ihn unterschätzt, doch das taten sie alle.

»Hätte, hätte, Sklavenkette. War's das?« Ungeduldig fuhr er sich durch das Haar, während er sein Spiegelbild im Fensterglas betrachtete.

»Nicht ganz. Ich will, dass wir uns so bald es geht sehen. Es sind Dinge geschehen, die wir nicht am Telefon besprechen sollten. Und Gabriel muss dabei sein. Bekommst du das hin?« Er nickte, als könnte sein Partner am anderen Ende der Leitung es sehen.

»Ja, sollte kein Problem sein. Sag mir wo und wann und wir werden da sein. Also, bis dahin!« Der junge Mann legte auf und grinste. Es gefiel ihm, dass diesmal er die Zügel in der Hand hielt. Viel zu oft hatte er sich von dem Psychiater vorschreiben lassen, was er zu tun und zu lassen hatte. Doch diesmal war die kurze Leine gerissen und er konnte sich austoben. Und das würde er solange tun, bis die Kette ihn wieder einfing.

KAPITEL 44

Ich saß auf meiner Couch und starrte auf den Laptop. Alex hatte meine Nachricht bereits vormittags gelesen und nach wie vor nicht geantwortet. Es war zum Verrücktwerden. In meinem Kopf hatte ich alles durchgespielt. Wir würden uns treffen, ich ihm die Waffe an den Kopf halten und er mich zu meiner Tochter führen.

Das Handy vibrierte. Markus. Er versuchte bereits den ganzen Abend mich zu erreichen, doch ich konnte jetzt nicht mit ihm reden. Seine Geschichte war eine Last, die ich nicht auch noch tragen wollte. Nicht tragen konnte.

Erneutes Vibrieren. Diesmal sendete er eine Nachricht.

»Lass mich doch einfach in Ruhe!« Ich warf das Handy ans andere Ende des Sofas und starrte weiter auf den Bildschirm. Ein kleines Fenster am unteren Rand sprang auf und meldete mir eine neue Nachricht in meinem Mailpostfach. Wer hätte das gedacht. Von Markus. Normalerweise hätte ich ihn spätestens jetzt blockiert, doch der Betreff, sofern er kein Täuschungsmanöver war, machte mich neugierig. Er bestand aus nur einem Wort: *Klingenberg*.

Ich zögerte kurz, öffnete dann jedoch die Mail.

»Leni, es tut mir leid. Wir müssen das nicht jetzt bereden.« Ich hatte es gewusst. Ein Trick. Aber Blondie fällt natürlich darauf rein. Gerade, als ich die Nachricht löschen wollte, stach mir der Name meines unliebsamen, arroganten Partners erneut ins Auge. Es ging also doch nicht nur um unsere Vergangenheit.

»Leni, es tut mir leid. Wir müssen das nicht jetzt bereden. Aber wir haben einen Notfall. Klingenberg wurde von jemandem niedergestochen. Er liegt im Krankenhaus und wurde ins künstliche Koma versetzt. Und nicht nur das! Ich glaube, du hast es heute nicht mitbekommen. Der Abschiedsbrief von dem Mädchen, das wir am Neuen Markt gefunden haben, wurde vorhin gefunden. Er steckte in dem längs aufgeschlitzten Torso von Frau Scholz, der guten Seele des Reviers! Es ist dringend! Es wird einen Krisenstab geben! Komm bitte so schnell es geht auf das Revier!«

Ich zitterte am ganzen Körper. Nun war es also soweit. Der Täter hatte seinen Angriffsbereich ausgeweitet. Alex griff das Kommissariat an.

Ich fuhr so schnell es ging zurück zur Arbeit und eilte in den Konferenzraum. Herr Scholl, der kreidebleich vor der versammelten Mannschaft stand, kommentierte mein zu spätes Erscheinen nicht einmal. Ich sah mich nach einem freien Platz um und entschied mich, nicht neben Markus zu sitzen. Meine rothaarige Freundin Frau Pauls hatte heute das Vergnügen.

»Nun, ich denke, damit steht fest, dass es sich nicht um den Blauen Wal handelt. Frau Scholz ist das erste Opfer, das aus dem Muster fällt.«

»Das zweite«, korrigierte ich meinen Chef sofort. Ich hatte noch nicht einmal richtig Platz genommen.

»Carmen Oldorp wird ebenfalls ein Opfer dieses Serienmörders sein.« Es war das erste Mal, dass wir diese Bezeichnung im Bezug auf den Fall ausgesprochen hatten. Viele hatten es vermutet, doch erst jetzt stand es nahezu fest.

»Ich gehe so weit zu behaupten, dass Alex Dorstheim es ist, den wir suchen.«

»Frau Küster, jetzt machen Sie mal einen Punkt.«

»Nein, Herr Scholl! Dieser Perverse hat meine Tochter und ich werde nicht noch mehr Zeit damit verschwenden, nach irgendwelchen Trends im Internet zu suchen oder meinen Theorien nicht weiter auf den Grund zu gehen!« Nur mühsam hielt ich meine Stimme im Zaum.

»Sie sind zu nahe dran. Ich würde Sie lieber von dem Fall abziehen.« Sein Blick wurde ernst, doch die Löwin in mir war unaufhaltsam.

»Ich habe bereits Kontakt zu ihm aufgenommen.«

Wildes Durcheinander breitete sich im Raum aus. Alle begannen gleichzeitig zu murmeln und zu tuscheln.

»Ich werde ihn treffen, stellen, und die Sache ein für alle Mal aus der Welt schaffen. Ob mit oder ohne Ihre Erlaubnis.« Ich rechnete fast schon damit, dass er mich wieder in meine Schranken wies oder abmahnte. Vielleicht erhielt ich sogar eine Suspendierung.

»Herr Scholl, Kommissar Klingenberg ist ebenfalls Opfer dieses Täters geworden. Derzeit steht es kritisch um ihn. Ich stimme Kommissarin Küster zu. Wir müssen so schnell es geht handeln und diese Möglichkeit in Betracht ziehen!« Markus war aufgestanden und sprach mit fester Stimme. Er sah kurz zu mir rüber, doch ich ließ ihn abblitzen. Als ob damit alles gut wäre.

»Sie zwei schon wieder ...« Unser Chef rang sichtlich mit sich, lenkte jedoch ein.

»In Ordnung. Küster, Sie halten den Kontakt und organisieren das Treffen. Caspari, Sie kümmern sich um alles Weitere. Und ich meine wirklich alles! Ich will Scharfschützen, Schusswesten, Mikrofone, das ganze Programm!« Damit war das Thema für ihn durch.

Ich ging sofort in mein Büro und loggte mich ein. Tatsächlich hatte Alex Dorstheim mir geschrieben.

>Na schön. Du bist aus Rostock, steht in deinem Profil? Ich bin nur noch heute in der Stadt. Wie wäre es in einer halben Stunde an der alten Zuckerfabrik? Da steigt heute ein Konzert. Das wollte ich ohnehin sehen.<

In einer halben Stunde. Das wäre niemals genug Zeit, um die Vorkehrungen zu treffen, die Scholl haben wollte. Doch wenn ich mich zwischen den Anweisungen meines Chefs und meiner Tochter entscheiden musste, konnte es nur eine Antwort geben.

Ich suchte im Internet nach der Alten Zuckerfabrik und notierte mir die Adresse. Laut Routenplaner würde es vom Revier eine Viertelstunde Fahrt sein.

Ich willigte in das Treffen ein, loggte mich aus, holte meine Pistole aus der Schublade und kontrollierte die Munition. Wenn ich das Schießen nicht komplett verlernt hatte, sollten fünf Kugeln reichen. Mein Handyakku war beinahe leer, doch wenn alles gut ging, würde Verstärkung nicht notwendig sein. Tja, wenn. In jedem Gedanken, der etwas mit diesem Vorhaben zu tun hatte, kam dieses kleine Wörtchen vor. Es konnte streng genommen ganz böse nach hinten losgehen. Aber welche Wahl hatte ich?

Ich griff nach dem Smartphone und schrieb Tom, dass er auf mein kleines Mädchen aufpassen solle und ich meine Tochter liebte.

Wenigstens war Mia aktuell in Sicherheit und außer Reichweite dieses Irren. Anders als Mala. Was würde sein, wenn ich sie zwar befreien, mich selbst jedoch nicht retten konnte? Normalerweise würde ich Markus zurate ziehen und darum bitten, doch das Vertrauensverhältnis zu ihm hatte einen großen Riss. Vorerst irreparabel.

Ich wählte stattdessen eine andere Nummer.

»Leptin?«, meldete sich der Arzt am Telefon.

»Kannst du mir einen Gefallen tun?«

»Wenn es in meiner Macht liegt.«

»Ich werde Mala aus den Klauen diese Irren befreien. Kannst du versprechen, dass du auf sie achtest? Ich weiß nicht, was sie gerade durchlebt. Wenn sie denn noch am Leben ist ...«

»Sie ist noch am Leben«, unterbrach er mich.

»Was macht dich da so sicher?«

»Ich weiß es einfach. Und Elena, ich verspreche dir, dass sie diesen Wahnsinn überleben wird.«

Ich wusste nicht, was ich von diesen Aussagen halten sollte. Auf der einen Seite klang er voller Selbstvertrauen. Auf der anderen Seite waren es Sprüche, die man zuhauf in Büchern las. Leere Versprechungen. Wahrscheinlich wollte er mir nur Mut machen.

»Danke, David.«

»Viel Glück«

Ich legte auf. Ich hatte noch achtzehn Minuten. Gerade genug, um rechtzeitig da zu sein. Als ich meine Tasche griff, stürmte Markus in mein Büro, hinter ihm stand der Azubi, der nicht einmal Blut sehen konnte. Er hielt wie immer einen Stapel Akten in der Hand und lief hinter meinem Kollegen wie ein Hündchen her.

»Elena? Gehst du nach Hause?«

»Ich ähm … Habe meine Anmeldedaten für Reach-Me zu Hause liegen lassen und muss sie schnell holen.«

»Oh, ok. Dann komme ich später wieder.«, sagte er und verließ das Büro. Ich wusste, dass Markus mir das nicht abnahm, aber es war egal, was er dachte. Hier ging es um Mala. Ich stapfte aus dem Büro, nur, um an der nächsten Tür wieder aufgehalten zu werden. Der Auszubildende war mit seinem Berg an Arbeit in mich hineingerannt und sammelte panisch alles ein. Ich beschloss ihm kurz zu helfen, da ich mit Schuld an diesem Schlamassel war. Als ich mich zu ihm hinabbewegte, rutschte meine Jacke leicht zur Seite und gab einen Blick auf die Pistole frei. Rasch zog ich das dünne Stück Stoff wieder davor. Der junge Mann starrte mich entsetzt an.

»Sie fahren gar nicht nach Hause! Sie wollen es im Alleingang machen!« Er riss den Mund auf, als wollte er jemanden rufen, da stieß ich ihm mit einem gezielten Schlag gegen den Kehlkopf, sodass er verstummte und zerrte ihn am Kragen mit vor die Tür und ins Auto.

»Was tun sie?«, krächzte er.

»Ich kann nicht riskieren, dass du alles kaputtmachst.«
Er röchelte und schnappte weiter nach Luft.

»Ich will nicht mitkommen! Lassen Sie mich gehen!« Doch
die Türen des VW waren längst verriegelt. So schnell es ging,
fuhr ich vom Parkplatz und raste in die Richtung, die mir
meine Navigationsapp anzeigte.

»Bitte! Halten Sie mich da raus! Ich bin zu jung zum Sterben!«

»Schwachkopf! Und du willst Polizist werden? Wie kamst
du auf so eine Schnapsidee?« Ich verabscheute Kollegen, die
lieber Büroarbeit machten, statt wirklich etwas zu bewegen.
Der junge Mann neben mir schwieg nur.

Ich fuhr auf das frei stehende Gelände der Zuckerfabrik und
öffnete die Tür.

»Bleib im Wagen. Ich lasse das Auto auf, falls du weglaufen
musst.«

»Falls ich was?!« Mit weit aufgerissenen Augen sah er mich
an. Für einen kurzen Moment hatte ich Angst um meinen
Stoffbezug unter seinem Gesäß.

Ohne ein weiteres Wort stieg ich aus und schlug die Tür zu.
Die Hand am Pistolengriff, schlich ich langsam auf das große
Gebäude zu, während meine Augen die Umgebung absuch-
ten. Meine Vermutung bestätigte sich. Hier würde kein Kon-
zert stattfinden. Wir waren völlig allein.

KAPITEL 45

Im Inneren der großen, alten Lagerhalle brannten vereinzelte Lichter, die jedoch genug Raum für Schatten ließen, in denen man sich verstecken konnte. Meine Schritte hallten im Echo wider und ließen mich jedes Mal aufhorchen. Ich traute mich beinahe nicht zu atmen. Das Herz schlug mir bis zum Hals. Wo war dieser Mistkerl? In meinem Rücken ging eine Tür auf. Ohne zu zögern richtete ich die Waffe auf unseren Azubi.

»Stopp! Ich bin es doch nur! Silas!« Der junge Mann riss vor Schreck die Hände hoch und stand stocksteif da.

»Bist du verrückt? Ich sagte doch, du sollst im Auto bleiben!« Fluchend senkte ich die Pistole und atmete aus. Jede Sehne meines Körpers hatte sich in dieser einen Sekunde angespannt, bereit für das kranke Arschloch, das meine Mala entführt hatte.

»Wieso? Um Sie hier allein sterben zu lassen? Kommissar Klingenberg würde mich umbringen, wenn er erfährt, dass ich mich nur versteckt habe!« Ihm stand die Angst ins Gesicht geschrieben. Caius hatte ihm wirklich übel zugesetzt. Ich beschloss, nicht weiter auf ihn einzugehen und setzte meinen Gang in die Dunkelheit fort. Immer einen Fuß vor den anderen. Doch da war nichts. Ich entdeckte eine seitlich gelegene Tür, die scheinbar in einen Nebenraum führte. Ich wollte gerade die Hand auf die Türklinke legen, als plötzlich eine Stimme ertönte.

»Wo willst du denn hin ... Emily?«

»Wie hast du mich gerade genannt?« Völlig entsetzt sah ich Silas an. Er schien wie ausgewechselt. Selbstbewusst, fast schon arrogant hatte er die Hände in den Hosentaschen vergraben und die Brust herausgestreckt. Den Kopf leicht zur

Seite geneigt, grinste er mir entgegen. Da war kein ängstlicher Junge mehr, der jeden Moment einzunässen wirkte. Es war, als würde ich eine ganz andere Person vor mir haben.

»Cum tacent clamant! Indem sie schweigen, reden sie! Erstaunlich, dass ausgerechnet die Brillenschlange darauf gekommen ist.«

Wie gelähmt stand ich da und konnte nicht begreifen, was da gerade passierte. Während Silas jetzt von einem Fuß auf den anderen sprang, ja fast schon umhertänzelte, trieb es mir den kalten Schweiß auf die Stirn.

»Das ... kann nicht sein.«, sagte ich leise, ohne die Augen abzuwenden. Er lachte kurz und rieb sich verlegen den Nacken, wie es ein schüchterner Teenager tat, der seinem Schwarm gerade die Liebe gestand.

»Du kannst nicht ... wie ... wieso?«, stammelte ich mit zittriger Stimme. Mir wurde erst in diesem Moment bewusst, dass unser Auszubildender niemals den Kreis der Verdächtigen betreten hatte. Im Gegensatz zu Klingenberg, meinem eigenen Partner. Plötzlich wich die Heiterkeit in seinem Gesicht einer eiskalten Miene. Er stürmte auf mich zu, packte meine Schultern und drückte mich gegen die kalte Betonwand. Dabei entglitt die Pistole meinen Fingern und schlug geräuschvoll auf dem Boden auf.

»Armes, kleines Menschenkind.« Sein Gesicht näherte sich bis auf wenige Zentimeter und fuhr an meinem Hals entlang. Ich hörte ihn deutlich tief einatmen. Seine Nase streifte über mein blankes Schlüsselbein und wieder hinauf zu meinem Kinn. Mit einem Ruck befand sich sein Gesicht wieder direkt dem meinen gegenüber. Er starrte mich mit seinen stechend blauen Augen in Grund und Boden. Die Iris wirkte wie ein winziges Boot in einem blassblauen Meer.

»Weißt du ... Elena ... Ich darf dich doch Elena nennen? Oder ist dir Emily lieber? Ich glaube, über das Sie sind wir bereits hinweg, Frau Küster.« Silas hob eine Augenbraue und sah mich mit einem Schmollmund an. Für ihn war die ganze Situation nichts weiter, als ein Spiel.

»Ich habe so viele dieser Mädchen belehren wollen. Wollte ihnen zeigen, dass ihr Verhalten nicht immer korrekt war. Mir gegenüber und gegenüber anderen. Aber …«

»Du hast sie getötet!«, schrie ich ihn an. Der Schrecken war der Wut in meinem Bauch gewichen, die wie ein roter Feuerball meinen Körper von innen heraus erhitzte und mich die Muskeln anspannen ließ.

Silas' Iris weitete sich ungemein und füllte nun fast die komplette Pupille aus, als hätte er Drogen genommen.

»Ich habe ihnen nur gezeigt, was falsch ist.«

»Du hast ihnen das Leben zur Hölle gemacht! Du hast sie gequält, ihnen zuerst Hoffnung gegeben und sie anschließend fallen lassen. Und um dem Ganzen die Krone aufzusetzen, trittst du noch drauf, während sie am Boden liegen!«

Er löste den Griff von meinen Schultern und wandte sich ab.

»Sie standen niemals. Diese Mädchen knieten bereits, als sie zu mir kamen.« In seinem Ton lagen Abscheu und Verachtung.

»Du bist ein Perverser! Ein Psychopath! Ein …«

»Ein Gott!«, schrie er mir entgegen, während er mit ausgebreiteten Armen auf mich zukam.

»Sieh mich an und sage mir, dass ein Mensch mir widerstehen kann! Meinem jetzigen Ich! Als Mensch war ich schwach, doch nun …« Blitzschnell hatte er seine Hand um meine Kehle gelegt und mich erneut gegen die kalte Wand gedrückt. Angestrengt japste ich nach Luft.

»Sag mir: Spürst du, wie es endet? Wie das Leben aus deinem Körper weicht? Stärke kommt von innen, sagt man. Ist es nicht erstaunlich, dass eine ausgebildete Kommissarin wie du von einem Hänfling wie mir an die Wand gespielt wirst?

Ich bin der geborene Killer! Unscheinbar und doch tödlich!«
Meine Arme wirbelten wild umher, versuchten seine Finger
zu lösen, dann ihm einen Schlag zu versetzen. Vergeblich. Er
schien es nicht einmal zu spüren. Silas seufzte und schüttelte
langsam den Kopf, wie man es tat, wenn man enttäuscht
wurde.

»Ich hatte so große Hoffnungen in dich gesteckt. Du wusstest schon immer, was für ein kalter und verdorbener Ort
diese Welt ist. Wahrscheinlich hast du schon als Kind Leid
erfahren.«
Er verringerte den Druck auf meine Kehle so weit, dass ich
zumindest wieder atmen konnte.

»Aber sie dreht sich weiter. Und meine Mission ist noch
lange nicht zu Ende. Unzählige Mädchen warten auf mich.
Sie würden alles für mich tun. Alles für mich sein. Sie würden
sogar mit mir …«
Ich spuckte ihm direkt ins Gesicht. Der Speichel traf ihn
knapp unter dem linken Auge und schob sich als schleimiger
Faden die Wange hinunter.

»Du krankes Arschloch!«, zischte ich.
Silas' Miene verfinsterte sich erneut und er holte mit der
freien Hand aus. Als die Handfläche mein Gesicht traf, tanzten Sterne vor meinen Augen und meine Gesichtshälfte
wurde taub. Wenige Sekunden später begann das Kribbeln
der Hitze zu weichen. Die Lippe brannte unangenehm stark,
während das Blut an meinem Kinn hinablief und eine Linie
zeichnete. Mein Peiniger beobachtete das Spektakel. Fast
schon besessen starrte er auf den sich bildenden Tropfen.
Kurz bevor dieser sich lösen konnte, wischte er ihn mit der
Spitze seines Mittelfingers ab und führte ihn zum Mund. Die
Fingerkuppe berührte die Lippen leicht, ehe Silas sich schüttelte.

»Hast du schon einmal Blut probiert, Elena? Es schmeckt

seltsam metallisch. Jedes Mal, wenn ich Blut sehe, fasziniert es mich auf eine ganz besondere Art und Weise. Es strömt durch unsere Adern, hält uns am Leben, ist der Lebenssaft des Körpers. Aber wusstest du, dass Blut im Mondlicht schwarz ist? Das zeigt, dass jeder Mensch eine dunkle Seite hat. Niemand ist von Grund auf gut. Niemand perfekt. Schwarzes Blut … Ein unglaublicher Anblick. Und wenn ich an Malas Blut denke …« Weiter kam er nicht, denn in just diesem Moment trat ich mit voller Wucht gegen sein Schienbein. Das Überraschungsmoment war auf meiner Seite. Ich entkam seinem Griff und rannte so schnell ich konnte aus der Fabrik.

KAPITEL 46

Das Schienbein schmerzte, doch er hatte keine Zeit sich auf diese Nebensächlichkeit zu konzentrieren. Sie rannte weg, floh vor ihm!

»*Ihr nach!*«, schrie ihn die Stimme in seinem Kopf an, und er gehorchte ihr.

Wo war sie? Es war sicherlich keine Minute vergangen, also konnte sie nicht weit sein. Aber die Dunkelheit der Nacht, die sich außerhalb der spärlich belichteten Halle ausgebreitet hatte, erschwerte ihm die Jagd.

»*Es bringt nichts, wenn ich jetzt einfach draufloslaufe. Einen Schritt nach dem anderen und in die Dunkelheit hineinhören. Genau. So werde ich sie finden. Und wenn alles nichts hilft, habe ich immer noch ein Ass im Ärmel*«, dachte Silas und setzte sich in Bewegung. Der Sand knirschte unter seinen schweren Schuhen und einige Äste zerbrachen, doch das war kein Problem. Elena wusste, dass er kommen würde. Wozu also verstecken?

»Sag, was genau stört dich eigentlich?«, rief er nun in die Finsternis hinein.

»Sind es die Mädchen? Kanntest du sie? Sei ehrlich zu dir selbst! Sie bedeuten dir rein gar nichts! Und weißt du wieso? Weil sie wertlos waren! Erbärmliche Geschöpfe dieser verdorbenen Welt! Sie haben ihr Glück herausgefordert, sich mit dem Teufel eingelassen und verzockt. Mehr nicht! Keine von ihnen hat etwas Großes geleistet, war besonders begabt oder aus irgendeinem anderen Grund ein Verlust für die Menschheit. Ganz im Gegenteil! Sie spielten mit Herzen! Also: Weshalb trauerst du ihnen so nach?«

Für einige Sekunden blieb Silas stehen und lauschte ins Dunkel. Nichts.

»Deine Gedanken sind so laut, dass selbst Beethoven sie

hätte hören können. Du glaubst, sie hatten dennoch ein Recht auf Leben. Schließlich haben sie nichts Falsches getan. Aber genau das ist es. Du weißt nicht, was ich weiß.«

Erneut unterbrach er seine Rede, doch von Elena keine Spur.

»Wenke. Du erinnerst dich doch an sie? Langes braunes Haar, kleiner Schönheitsfleck unterm Auge ... Ein sehr hübsches Mädchen. Aber wusstest du, dass sie jemanden umgebracht hat?«

Noch immer keine Reaktion.

»Überspringen wir doch einfach Sophia, Tabea, Verena, Romina und Finja. Kommen wir gleich zu Mala.«

Ein Knacken unweit von ihm ertönte.

»Wo ist sie?!« Elena trat hinter einem der Bäume seinem Rücken hervor. In der Hand hielt sie eine Pistole fest umklammert. Silas sah sie über die Schulter hinweg an.

»Wo hast du sie hingebracht?!« Sie war außer sich vor Wut. Der Schrei hallte zwischen den Gebäuden einige Sekunden nach. Der junge Mann wandte sich ihr nun wieder ganz zu. Seine Finger zuckten nervös. Wie gern wäre er ihr an den Hals gesprungen, hätte seine Fingerkuppen darin vergraben und solange zugedrückt, bis ihre Augen nur noch ein Leben ihrer selbst waren. Doch das ging nicht. Noch nicht. Langsam und bedrohlich steuerte er auf sie zu. Jede Faser seines Körpers war darauf gefasst, von einer Kugel getroffen zu werden, sollte sie den Abzug tatsächlich drücken.

»Silas! Raus mit der Sprache! Wo ist meine Tochter?!«

»Wo ist Mala? Wo ist meine Tochter? Aber sollte die Frage nicht eher lauten: Wo ist Mia?«

Elenas Gesicht wurde kreidebleich und der Griff um die Waffe lockerte sich. Silas nutzte die Gelegenheit und warf sich auf sie. Er hielt ihre Handgelenke über ihrem Kopf mit der einen Hand fest, stieß sie gegen den Boden, sodass Elena die Pistole losließ. Mit der anderen packte er das Kinn der

Kommissarin und drückte mit voller Kraft zu. Schmerzverzerrt verzog sie das Gesicht. Sie glaube es jeden Moment knacken zu hören.

»Ich werde dich lehren, so wie ich sie gelehrt habe!« Silas ließ den Kiefer los uns griff in seinen Stiefel. Er zückte ein Messer und ließ die Klinge im Mondlicht aufblitzen. Elenas Augen weiteten sich und sie begann wild den Kopf zu schütteln.

»Nein! Nicht!«

Doch es war zu spät.

KAPITEL 47

Unter wildem Geschrei trat ich unkontrolliert um mich, wandte all meine Kraft auf, doch es hörte nicht auf. Die scharfe Klinge schnitt mir in den Unterarm. Ein Schnitt nach dem anderen und jeder brannte mehr als der vorangegangene. Das warme Blut rann den Arm hinab und versickerte im Sand. Immer wieder brüllte ich aus Leibeskräften wie am Spieß. Meine Kehle brannte bereits, doch ich konnte nicht aufhören. Die Tränen schossen mir in die Augen. Es war nicht der Schmerz, der es so unerträglich machte, sondern das Gefühl der Machtlosigkeit. Ich hatte jahrelang als Kommissarin gearbeitet und schon einige Typen hinter Gitter gebracht. Es waren Vergewaltiger, Pädophile, Kleinkriminelle. Kaum einer ließ sich widerstandslos abführen. Doch dieses Monster war mir in jeder Hinsicht überlegen.

Ich weiß nicht wie viel Zeit vergangen war, doch irgendwann wurde aus meinen Schreien nur noch ein heiseres Krächzen. Als Silas sich endlich wieder von mir erhob und zufrieden sein Werk bewunderte, funkelten seine Augen vor Entzückung.

Cum tacent clamant! stand auf meinem linken, blutbeschmierten Unterarm geschrieben. Es war ein Tattoo für die Ewigkeit. Sein Blick wanderte über meinen kraftlos am Boden liegenden Körper. Ich war unfähig mich zu bewegen. Zu schwach der Körper, zu kaputt der Geist. Ich schloss die Augen und konzentrierte mich, nicht gänzlich ins Weinen zu verfallen. Was für eine Genugtuung wäre das wohl für ihn gewesen? Er hatte mich nach Strich und Faden an der Nase herumgeführt und mir nun auch noch ein Andenken verpasst. Ich war eine Schande für alle Polizisten.

Meine Atmung war flach, und langsam aber sicher begannen

die Baumwipfel über mir zu verschwimmen. Wahrscheinlich war es der massive Blutverlust. Silas stand auf, wischte die Klinge an seinem Hemd ab und führte wie bereits zuvor die Fingerspitzen zum Mund. Er genoss den Geschmack des daran klebenden Blutes und schloss die Augen. Widerlich! Während er es auskostete, nahm ich meine letzten Energiereserven zusammen und richtete meinen Oberkörper auf. Der linke Unterarm brannte, als hätte man eine ganze Flasche Alkohol in die offene Wunde gekippt.

»Du darfst ihn nicht belasten! Das wird das Blut nur schneller austreten lassen!«, ermahnte ich mich selbst und verlagerte mein Gewicht auf den rechten Arm. Vorsichtig stellte ich die Füße auf und erhob mich. Das Monster gab nach wie vor seinen Gelüsten nach, ohne mich zu beachten.

Wie auf Katzenpfoten schlich ich mich an ihn heran. Nicht zu nah, doch gerade so weit, dass ich eine hundertprozentige Trefferchance hatte. Normalerweise hätte ich tief durchgeatmet und mich konzentriert, doch bei diesem Psychopathen konnte jedes Geräusch mein letztes sein. Als er seine Augen schlagartig öffnete, huschte ein verschmitztes Lächeln über seine Lippen und die blauen Knöpfe mit der schwarzen Iris fixierten mich sofort. Doch ich war schneller! Ehe er sich wappnen konnte, traf meine Faust ihn an der Schläfe und warf ihn zu Boden. Schwer atmend und auf wackeligen Beinen stand ich über ihm. Ich zitterte am ganzen Leib. Mir war unsagbar kalt und das langsam trocknende Blut spannte unangenehm die Haut.

»Krankes Arschloch«, sagte ich und spuckte auf ihn hinab. Plötzlich richtete sich Silas wieder auf, packte meine Beine und riss mich ebenfalls von den Füßen. Eng umschlungen wälzten wir uns in einem wilden Handgemenge über den sandigen Boden und wirbelten Staub auf. Er hatte noch wesentlich mehr Kraft als ich und drückte mit seinen Daumen auf meine Kehle. Den Staub in der Lunge und seinen Schraub-stock von Hand am Hals, japste ich nach Luft und schlug ihm immer wieder in die Magengrube. Spurlos schien es nicht an ihm vorbeizugehen. Stoßweise atmete Silas den Schmerz aus, verkrampfte bei jedem Aufprall der wunden Faust, doch er blieb eisern. Ich hingegen würde nicht mehr lange bei Bewusstsein bleiben, was mir mein Kopf deutlich zu verstehen gab. Die blauen Augen meines Gegenübers erkannte ich schon gar nicht mehr, ebenso wenig wie seine Mimik. Es konnte sich nur noch um Sekunden handeln. Ich stampfte mit dem Fuß wild in den Boden und rang nach Sauerstoff, doch diesmal würde er sich nicht so einfach abwimmeln lassen. Während sich mein Blickfeld langsam in ein tiefes Schwarz auflöste, hörte ich auf, auf ihn einzuprügeln, und ließ den rechten Arm zur Seite fallen. Mehr blind als sehend tastete ich nach etwas, das groß genug war, um diesen Psychopathen mit einem einzigen Schlag außer Gefecht zu setzen oder wenigstens aus der Balance zu bringen, während meine linke Hand gegen sein Gesicht drückte und ihn vergeblich wegzuschieben versuchte.

»*Verdammt! So kann es nicht enden! So darf es nicht enden! Mala braucht mich!*« Meine innere Stimme war rasend vor Wut. Auf Silas, auf mich selbst, auf diese ganze beschissene Welt! Gefrustet vergrub ich die Fingerkuppen im Sand. Wie vom Blitz getroffen erschrak ich plötzlich. Ein kleiner, glatter Gegenstand befand sich dort unter den Sandkörnern und Kieselchen. Ohne länger darüber nachzudenken, packte ich zu und rammte ihn Silas zwischen die Rippen.

Schlagartig löste sich der Druck um meinen Hals und Rostocks Peiniger begann schwer zu atmen. Er richtete sich auf und sah an sich hinab. Das Messer steckte noch im Fleisch und die Wunde färbte sein Hemd dunkel.

»Welch Ironie …« Er grinste noch kurz, dann kippte er

rücklings zu Boden. Keuchend und noch immer nach Luft schnappend krümmte ich mich vor Schmerz. Mein Sichtfeld klarte auf, als der Sauerstoff meine Lungen flutete. Silas lag reglos da. Endlich.

In der Ferne sprangen Lichter aufgeregt zwischen den Häusern umher.

»Na großartig.« Ich konnte einen verächtlichen Ton nicht unterdrücken.

»Kommissarin Küster! Ist alles in Ordnung?« Ein junger Polizist kam auf mich zugelaufen und leuchtete mir direkt ins Gesicht.

»*Trottel*«, dachte ich und riss den linken Arm schützend vors Gesicht. Autsch! Die Wunde. Sie klaffte noch immer und bestrafte mich für jede falsche Bewegung.

»Oh Gott! Ihr Arm!«

»Ja ich weiß. Helfen Sie mir jetzt hoch, oder was?«

Er schüttelte kurz den Kopf, als wollte er alle Gedanken vertreiben, ehe er sich zu mir herabbeugte und mich stützte.

»Ist das ...«

»... Silas. Ja. Er ist es, den wir gesucht haben.« Entsetzt sahen mich alle an, ehe sie die Lichtkegel wieder auf unseren Auszubildenden warfen. Niemand hatte eine Ahnung gehabt. Nicht einmal ich selbst. Es ärgerte mich bis ins Mark, dass ich nicht darauf gekommen war. Der Typ schlich an jedem Tatort herum, hatte Zugriff auf alle Akten und Details gehabt. Es war die perfekte Position, um zu spionieren und alles mitzubekommen, was der Feind tat. Er war unser ganz eigenes Trojanisches Pferd.

Bevor ich ging, sah ich noch einmal über die Schulter zurück. Selbst im regungslosen Zustand strahlte Silas dieses gewisse Etwas aus. Eine Mischung aus Bedrohlichkeit und Anziehung. Wie viele hatten ihn vergöttert, bewundert? Womöglich wollten einige so sein wie er. Wenn man nun sein wahres

Ich kannte, war das Verhalten aller anderen ebenso krank wie das seine.

»Er hat recht«, sagte ich leise, während mein Blick ihn ein letztes Mal musterte.

»Wie bitte?«

»Das Blut. Es ist im Mondlicht wirklich schwarz.«

KAPITEL 48

Das helle, kalte Licht der Deckenlampe im Krankenhaus stach in meinen Augen und verursachte Kopfschmerzen. Ich schloss die Lider und legte den Kopf zur Seite.

»Wie lange dauert es denn, bis endlich jemand kommt und dieses dämliche Licht ausmachen kann?«, fluchte ich und wurde von meinem Körper sogleich bestraft. Mit einem deutlichen Ziehen in jeder Gliedmaße gab er mir zu verstehen, dass er Ruhe brauchte und ich nicht herumzappeln sollte.

»Autsch! Verdammt!« Als hätte man mich auf den breiten Gängen vor meinem Zimmer gehört, klopfte es plötzlich und die Türklinke wurde hinuntergedrückt.

»Na endlich! Können Sie bitte das Licht ausmachen? Mein Kopf fühlt sich an, als würde er gleich explodieren!«
Ohne eine Antwort, wurde es schlagartig dunkel im Raum.

»Danke.« Ich atmete erleichtert aus, während sich der Druck hinter meiner Stirn langsam legte. Plötzlich traf mich ein schwerer Gegenstand am Bauch und ließ mich aufschrecken. Der Schmerz war unerträglich, ebenso wie das Gewicht, das sich nun auf meine Brust legte.

»Hab dich!«, ertönte eine quietschige Stimme direkt vor mir.

»Was zum …?!« Meine Augen hatten sich noch nicht an die Dunkelheit gewöhnt, weswegen ich meine Hände nach der Person suchen ließ. Noch bevor ich sie gefunden hatte, wurde es wieder hell.

»Überraschung!« Mia lag bäuchlings auf mir und strampelte mit den Beinen, während Mala direkt neben ihr stand. Meine große Tochter sah vollkommen fertig aus. Ihr Körper war von blauen Flecken übersät und unter dem Auge schien sie genäht worden zu sein. Aus ihren Augen war alle Lebendigkeit gewichen. Mein armes Kind.

»Was macht ihr denn hier?«, fragte ich und schloss beide in den Arm. Wieder wehrte sich mein Körper dagegen, doch das musste sein.

»Papa hat uns hergebracht. Er wartet im Auto«, sagte meine große Tochter ruhig.

»Und ich habe die beiden auf dem Flur getroffen, als ich Sie besuchen wollte«, ertönte eine tiefe Stimme von der Tür. David stand dort. Eine Hand am Lichtschalter, die andere trug seine Jacke. Tränen sammelten sich in meinen Augen. Wild blinzelnd versuchte ich sie zurückzuhalten, doch zu groß war die Freude in mir. In dicken Tropfen kullerten sie mein Gesicht hinunter.

»Mama, du weinst ja!«, stellte Mia entsetzt fest und deutete auf meine Augen.

»Weil ich so glücklich bin, mein Liebling.« Ich presste sie an meine Brust und roch an ihrem Haar. Dann schloss ich erneut Mala in meine Arme. Zu meinem Erstaunen legte auch sie ihre Hände auf meinen Rücken und drückte mich an sich. Wie lange hatte sie das nicht getan? Und wie sehr hatte ich es vermisst? Das war sie. Mein kleines Mädchen. Mein Kinn auf ihrer Schulter sah ich nun zu dem Psychiater hinüber. Er stand nach wie vor einige Meter entfernt und beobachtete uns durch seine schmalen braunen Augen. Ich lächelte ihm zu und ließ meinen Mund ein lautloses Danke sagen. Er nickte leicht, während die dünnen Lippen ein Lächeln andeuteten. Wie gern hätte ich auch ihn in meine Arme geschlossen und meine Finger in seinen zur Seite gekämmten Haaren vergraben.

»Wie geht es Ihnen?«, fragte er und trat nun etwas dichter zu uns.

»Puh, den Umständen entsprechend. Alles tut weh und dieser dämliche Verband ist sehr sperrig.« Ich hob leicht den verwundeten Arm und verzog das Gesicht.

»Die Zeit heilt alle Wunden. Sicherlich auch diese.«

»Wie lange musst du hierbleiben?«, fragte Mala, die sich auf die Bettkante gesetzt hatte. Ihr Blick schien durch mich hindurch zu gehen.

»Ich denke in ein paar Tagen kann ich wieder raus und nach Hause.« Mein Blick ging sorgenvoll von ihr zu David. Ich musste dringend mit ihm reden.

»Wollt ihr beide euch nicht ein Eis holen? Unten habe ich ein kleines Geschäft gesehen. Vielleicht findet ihr dort etwas?« Ich deutete auf mein Portemonnaie, das in der Schublade neben meinem Bett lag. Besorgt sah meine älteste Tochter zwischen Dr. Leptin und mir hin und her. Ich strich ihr über den Arm und lächelte. Mala nahm einen Geldschein aus der Geldbörse und nickte wortlos, während Mia aufgeregt durch das Zimmer lief und nach Eis schrie. Mala nahm ihre kleine Schwester bei der Hand und verließ das Zimmer. Als die Tür hinter ihnen ins Schloss gefallen war, setzte David sich auf das Bett. Die Hände hatte er in seinem Schoß zusammengelegt.

»Wie habt ihr Mala befreit?«, fragte ich ohne Umschweife.

»Silas Adresse. Er hatte sie in seinem Keller eingesperrt. Herr Caspari hat sie gefunden und befreit.« Er ersparte mir die Details, doch ich wollte im Moment auch gar nicht wissen, in welchem Zustand man sie gefunden hatte und was ihr widerfahren war. Ihr Verhalten sprach bereits Bände. Ich senkte den Blick und nickte wortlos.

»Sie wird nie wieder, wie sie einmal war, oder?«
David sah mich stumm an. Ich versuchte seinen Blick zu deuten, doch es war mir nicht möglich.

»Das, was sie durchgemacht hat … Nun. Wenn die Seele zu schwach ist, kann sie es womöglich nicht ertragen. Aber ich denke, dass Mala damit fertig wird. Aber es wird seine

Zeit brauchen. Gibt ihr Zeit.«

Ich schluckte und spürte, wie sich Wasser in meinen Augen sammelte.

»Und wie geht es dir? Ich meine, wie geht es dir wirklich?« Sein Gesicht war weich und doch ernst, während seine Hand meine Wange streichelte.

» Es tut alles weh.«

»Und psychisch?«

Zögernd legte ich den Kopf schief.

»Das was du durchmachen musstest, ist sicherlich nicht einfach so abgehakt. Selbst für den Alltag eines Polizeibeamten war es mehr als außergewöhnlich. Hast du Albträume?« Mein Kopf nickte, wie von allein. Die Gedanken sprangen zurück in die vergangene Nacht. Silas Fratze über mir, während der kalte Stahl meine Haut zerriss. Ich schloss die Augen und schauderte. Zu schlimm waren die Bilder.

Eine warme Hand legte sich auf meine und riss mich zurück in die Gegenwart.

»Schon gut. Wir bekommen das hin.« David hatte den Kopf etwas gesenkt, sodass seine Stirn sich in Falten legte, als er zur mir sah. Mir zitterte das Kinn und die Zähne klapperten laut, als sie aufeinandertrafen. Unsagbarer Schüttelfrost erfasste mich. Mein Gegenüber rutschte dichter, legte eine Hand auf meinen Hinterkopf und zog mich an seine Brust.

»Alles ist gut. Dir wird nichts geschehen. Dir nicht und deinen Kindern auch nicht.«

Ich schloss die Augen, während die tiefe Stimme mir versicherte, dass ich in Sicherheit war. Doch etwas passte nicht in diese Situation. Davids Herz. Es raste förmlich.

Es war bereits Nacht, als ich von einem lauten Brummen aus dem Schlaf gerissen wurde. Mein Handy. Der Bildschirm leuchtete in einem kalten Weiß und strahlte in den Raum hinein. Schlaftrunken rieb ich mir die Augen und gähnte kurz. Wer konnte das um diese Uhrzeit sein? Ich tastete nach dem Gerät und entsperrte es per Fingerabdruck. Eine neue Nachricht. Die Nummer kannte ich nicht, sie schien jedoch aus dem Ausland zu kommen. Zögernd schwebte mein Daumen über dem SMS-Symbol, doch wie so oft siegte die Neugierde. Der Absender hatte ein Video an mich geschickt. Innerlich stellte ich mich auf irgendeinen sexistischen Inhalt ein und stempelte es bereits als Irrläufer ab, doch kaum, dass das Video gestartet war, saß ich kerzengerade im Bett und starrte auf das Display.

Zu sehen war meine kleine Mia. In einem mir unbekannten Bett. Und ein fremder Mann, der sein Glied streichelte und sich neben sie legte.

Epilog

Das Display des Smartphones leuchtete auf, als David das Gerät entsperrte. Elena hatte ihm geschrieben.

>Wo bist du? Können wir uns sehen? Es ist dringend!< Er las die Nachricht und steckte das Handy dann wieder in die Tasche, ohne zu antworten. Es war 22:37 Uhr und bereits tiefschwarz um ihn herum. Während er das Tor des Friedhofs passierte, wanderte sein Blick umher. Niemand in Sicht. Natürlich nicht. Wer sollte sich auch schon mitten in der Nacht auf einem Friedhof herumtreiben? Der Kies knirschte unter seinen Schuhen, während er seinen Weg fortsetzte. Drei, vier, fünf. David wandte sich nach links und ging an zig Grabsteinen vorbei. Der Mond warf sein Licht auf die Grabstätten und offenbarte Gegensätze, wie sie größer nicht sein konnten. Während einige der Gräber mit Blumen übersät und sehr gepflegt waren, lag vor ihm eines, das recht trostlos aussah. Er hob den Strauß Blumen noch einmal an, roch an den weißen Lilien und legte sie dann nieder. Sein Blick wanderte auf die Inschrift.

»Hier ruht Silas Haiden«
Tatsächlich waren dies die einzigen Worte, die den dunklen Stein verzierten. Aber was erwartete man schon von dem Grab eines Serienmörders?

»Hallo Silas«, sagte er mit leiser, emotionsloser Stimme.
Er betrachtete den Stein eine Weile, fixierte ihn regelrecht, als erwarte er eine Antwort. Die Hände in den Taschen seines Mantels ballten sich zu Fäusten. Seine Fingernägel gruben sich in die Handflächen und verursachten einen leichten Schmerz.

»Was hast du dir nur dabei gedacht?!«, zischte er leise zwischen den zusammengepressten Zähnen hervor.

Davids Körper zitterte bereits vor Anspannung und ein Piepen ertönte in seinen Ohren. Schmerzverzerrt schloss er die Augen und legte den Kopf schief, als könnte der unangenehm hohe Ton so aus seinem Gehörgang purzeln. Einige Sekunden vergingen, ehe er tief durchatmete und wieder das Grab ansah. Es war totenstill.

»Silas?«, fragte er plötzlich, streckte die Hand nach dem Grabstein aus, legte sie auf ihm ab und beugte sich hinunter, als würde der Verstorbene ihn so besser hören.

»Es ist Zeit für Phase zwei.«

ENDE

DANKSAGUNG

Vor allem richtet sich mein Dank an Lisa Arnhold und Katrin Thoß. Dass überhaupt jemand bereit war, meine ersten Zeilen und letzten Endes das komplette Manuskript zu lesen, war für mich unvorstellbar. Doch ihr beide habt mich ermutigt, Tipps gegeben und schlussendlich zur Veröffentlichung bewegt. Vielen Dank dafür!

Im gleichen Atemzug möchte ich natürlich auch Sven-Uwe Steusloff danken, der während der Lektüre des Manuskripts sicherlich häufiger den Rotstift in der Hand hatte, als die Story im Kopf. Herzlichen Dank für die Mühe und die Geduld, lieber Sven!

Keinen geringen Anteil an der Fertigstellung hat auch Anne Berkholz, der ich ebenfalls nicht genug danken kann. Sie hat mich immer darin bestärkt, dass das, was ich tue, großartig sein würde und mich so zum Weitermachen ermutigt. Danke Dir!

Und selbstverständlich geht der Dank auch an meinen Lebensgefährten Tatsuya Shono, der Unmengen an Verständnis dafür aufbrachte, dass ich mich zeitweise gar nicht mehr aus dem Arbeitszimmer gewagt hatte, um mich nur noch dem Buchprojekt zu widmen. Auch meinen Eltern Martina Kindt-Storbeck und Klaus-Peter Storbeck und meinem Bruder Christian Kindt möchte ich für die stets aufmunternden Worte von Herzen danken.

Vielen Dank an alle – ich weiß das sehr zu schätzen.

Zeitfracht Medien GmbH
Ferdinand-Jühlke-Straße 7
99095 Erfurt, Deutschland
produktsicherheit@kolibri360.de